AF435151

Le Syndrome

de la

Page Blanche

Gisèle Foucher

ISBN : 979-10-91903-12-7

Dépôt légal : 21 mai 2017
(Éd. num. : 02/03/2012)
(1e édition brochée : 2004)

Préface

Journal de bord :

Jeudi 24 octobre 2002

Les gens autour de moi, les voisins, les commerçants, se demandent pourquoi je parle de moins en moins. Pourquoi ?! Bon sang ! Ne se rendent-ils pas compte de ce qui m'arrive ?!! Je suis en train de … de …

Ça vous est déjà arrivé de bégayer ? En société, alors que vous êtes en train de dire quelque chose d'intelligent, de défendre un point de vue ou simplement de commander un repas ? Moi, ça m'arrive tous les jours. Et non, je ne suis pas bègue. Enfin je ne l'étais pas.

Écrire reste pour moi la seule façon de m'exprimer aujourd'hui sans que les gens ne me sautent au cou d'exaspération. Mon histoire peut paraître folle mais elle n'en est pas moins vraie. J'espère seulement pouvoir la raconter jusqu'au bout...

Chapitre premier

Il me faut d'abord décrire quel type j'étais avant que tous ces événements ne viennent ficher ma vie en l'air. Je n'ai jamais été le genre sentimental, à m'encombrer d'états d'âme, mais que je sois damné si ce truc ne me fiche pas une frousse à me rendre insomniaque !

J'adorais parler aux gens ; ça a toujours été mon truc. J'avais toujours une blague de côté pour faire rire les filles et j'avoue que je n'ai jamais eu de problème pour amener celles que je voulais chez moi. Maman m'avait donné une belle gueule de séducteur et je profitais de cet atout sans complexe. J'étais ce qu'elles appelaient un beau mec, bronzé juste ce qu'il faut (le hâle des aventuriers sans frontière), et j'entretenais mon corps car je sais que les femmes détestent les bides gonflés à la bière retombant sur le caleçon. Maintenant, quand j'y pense, je me dis que je ne devais être pour elles qu'un 'beau mec de passage' ... Juste retour des choses. Suis-je ce qu'on appelle un macho ? Peut-être. Mais je ne crois pas avoir voulu une seule fois faire du mal aux gens comme ça, pour le plaisir.

Je dis 'j'étais', parce qu'aujourd'hui quand je me regarde dans la glace, je vois plutôt un zombie. Avec des valises sous les yeux dont les couleurs feraient pâlir d'envie un vendeur de bagages de luxe, car il ne les a pas dans son catalogue ni la poignée qui les retient.

Tout ça pour dire que je ne suis pas le type introverti qui regarde ses chaussures pour voir si elles sont bien cirées quand quelqu'un m'adresse la parole. Quant à écrire ... ma parole, je ne croyais pas qu'un jour j'en arriverais à mettre sur papier mes crises existentielles ! Mais ...

Et tout a changé, ou plutôt le processus qui fait que je ne m'exprimerai peut-être plus autrement que par l'écriture, s'est enclenché ce p.. de c.. de m... de samedi 28 septembre 2002. Il y a à peine plus d'un mois. Un mois qui a laminé ma vie, me laissant plus sec qu'un épi de maïs en pleine canicule. Au milieu du désert. Dans une oasis de champ de maïs.

Tout m'angoisse aujourd'hui. Je n'arrive plus à sortir de chez moi, j'ai peur du moindre événement qui viendrait ficher en l'air le peu de contrôle qu'il me reste sur ma vie.

Je me souviens très bien de cette date du 28 septembre, parce que c'est ce jour très précisément où je me suis dit ...

Le mieux est d'expliquer exactement ce qui s'est passé, et vous comprendrez pourquoi je ne peux m'empêcher de placer ce jour à l'origine de toute la série d'événements qui se sont produits par la suite :

Ce matin du 28 septembre, beau mais un peu frisquet, je m'étais levé avec la tête de celui qui jure qu'avant la fin de la journée il sera sagement assis sur une des chaises en paille des AA, à bredouiller - doucement les bruits - « J'vous jure, c'est la dernière fois ! ». Il faut dire que la veille au soir j'avais bien dû m'enfiler quatre Bloody-Maries et au moins autant de bières, seul dans mon rocking-chair (ce dont ce dernier n'avait pas l'habitude), devant un feuilleton sirupeux duquel j'avais pris le soin de couper le son. Me rappeler à l'avenir que le malt et la Vodka ne font pas bon ménage ensemble. La petite starlette du soir m'avait fait faux bond et il était alors trop tard pour repartir à la chasse. A vrai dire, j'avais la flemme. Et non, je n'ai pas noyé mon chagrin dans l'alcool, je n'avais simplement rien d'autre à faire.

Après avoir rendu à la terre (par l'intermédiaire de nos souffre-douleur que sont les cuvettes des Walter Closets) ce que la terre n'a jamais pu nous donner (je n'ai encore jamais vu de Bloody-Marie pousser sur les arbres), je m'étais affalé les bras en croix sur mon lit 2m sur 2, et j'étais tombé avec un dernier râle dans les bras de Morphée.

Ce matin donc n'était pas des plus frais et je m'étais proposé de me préparer l'anti-gueule-de-bois spécial grandes occasions : huile d'olive, jus de citron, crème fraîche et jaune d'œuf sucré. Infect, mais radical. Je l'avalai d'un coup.

Le téléphone sonna. Si c'était ma starlette, je me ferais un plaisir de lui raccrocher au nez non sans l'avoir traitée auparavant de tous les noms.

Je décrochai :

« Allô, Mike ? » C'était Manuela, la femme de Frank. Mon meilleur ami.

« Salut, Manu, comment vas-tu ?

– Bien, bien. Dis-moi, Mike, Frank ne peut pas venir ce matin, tu serais prêt à échanger quelques balles avec moi ? J'ai réservé un court de 10 à 11. »

J'aimerais bien échanger autre chose avec toi ma belle ! Manu était vraiment une belle femme : grande, mais pas trop, de beaux cheveux blonds bouclés naturellement, d'immenses yeux d'un bleu couleur bic, une taille fine et des jambes qui n'en finissaient pas. Rien que me l'imaginer, je sentais des picotements dans les reins. Mais pas touche, question d'honneur, on ne pique pas la femme d'un ami.

« Mike, tu es encore là ? »

Plus pour longtemps si elle continuait avec cette voix suave qui me remontait le long de la colonne vertébrale !

Je me secouai : « Excuse-moi, Manu, mon café était en train de bouillir, je suis allé éteindre en même temps que tu me parlais. Bien sûr que je serais heureux de t'accompagner, tu auras enfin un adversaire digne de toi !
– Parfait. On se retrouve sur le court ?
– J'y serai. Tes désirs sont des ordres ! »

Bon dieu, il ne restait qu'une chose à faire si je voulais rester concentré pendant la partie. Je pris une douche bien froide, m'habillai et filai à mon rendez-vous. Elle m'attendait, rayonnante comme toujours, dans une petite tenue d'un blanc immaculé, et je me mis à envier Frank avec un pincement de jalousie. Non seulement elle était belle, mais elle était intelligente et spirituelle, ce qui ne gâchait rien.

Nous engageâmes la partie et au bout d'une demi-heure, je suais comme dans un hammam. Elle avait un de ces revers ! Le soleil était bien rond au-dessus de nos têtes et je me félicitais qu'on soit en septembre. Nous lançâmes encore quelques balles puis je décidai que ma tête allait exploser si je continuais à ce rythme et nous allâmes nous rafraîchir dans le salon privé du club. Elle commanda un Perrier citron, je la suivis sagement. Nous étions assis dans de bas fauteuils de velours rouge, façon théâtre à l'ancienne. Ambiance feutrée, petite musique, tout y était.

Je me souviens un jour avoir assisté à un de ces après-midi lecture qu'on donne dans ces théâtres - oui, il m'arrivait d'y aller. Pour les mots. L'apparente facilité du verbe. J'ai toujours aimé ça. J'étais hypnotisé par la voix du jeune acteur du jour, dans cette salle de silence quasi-religieux que de minuscules particules de poussières envahissaient, paresseusement, et dans la lumière oblique du jour mes doigts caressaient avec volupté le velours élimé de mon siège. Je m'étais demandé stupidement en sortant, si ces fauteuils agréablement démodés ne faisaient pas partie intégrante de l'ensorcellement que j'avais connu en écoutant cette prose, dont l'acteur se délectait, comme un chef cuisinier répétant la même recette depuis 20 ans mais retrouvant à chaque fois cette même impression de créer quelque chose de divin.

C'était une des rares fois où le spirituel avait pris le pas sur le physique chez moi, et j'essayais là, engoncé dans mon fauteuil du Club, de retrouver ces instants de grâce en face de la Vénus qui m'avait demandé de lui tenir compagnie au royaume des dieux.

Tout en sirotant nos boissons (mon Perrier descendait agréablement le long de mon gosier et me laissait un souvenir glacé jusqu'à l'estomac), nous discutions âprement de nos revers quand il se passa quelque chose d'incongru : elle se mit à bégayer.

C'était léger, elle était même charmante dans sa façon de buter sur les mots, et pourtant un malaise s'installa en moi. Je ne sais pourquoi, je n'acceptais pas ce bégaiement dans sa bouche ; il semblait résulter d'un grand désarroi, et non, décidément ce n'était pas normal chez elle. Je ne relevai pourtant pas cette anomalie, et elle-même ne semblait pas s'apercevoir qu'elle n'arrivait plus à prononcer un mot sur cinq correctement. Petit à petit, je me mis inconsciemment à terminer ses phrases, jusqu'au moment où cette situation devint trop pénible pour moi et où - quel con ! - je lui demandai soudain : « Pourquoi bégayes-tu comme ça ? »

Devant sa mine déconfite, je me maudis de ne pas avoir gardé ma langue là où elle était. Je me suis toujours dit que j'étais plus performant silencieux ! Manu ouvrit la bouche, la ferma, et me regarda d'une telle façon que je me noyai instantanément dans le bleu profond de ses yeux. Puis deux grosses larmes vinrent se loger dans le creux de ses paupières et je sus à cet instant qu'elle pourrait faire de moi son esclave.

J'essayai maladroitement de rattraper ma bourde : « Je ne voulais pas dire ça, Manu, je ..., c'est simplement que je ne te connaissais pas ce défaut ; enfin … tu dois être fatiguée, c'est ça, non ? » Lamentable. Frank allait me tuer quand il saurait.

Manu ravala bravement ses larmes, prit une profonde inspiration et commença à me raconter son histoire :

« Mike, tu vas trouver cela complètement absurde, mais il m'arrive quelque chose d'ét-t-trange que je n'arrive pas du tout à contrôler et qui va fi..finir par me rendre folle à lier ! un jour, je me s-s-suis réveillée avec l'impression que ma journée serait dif-différente des autres. Tu sais, tu desss-cends de ton lit et l'aube semble noyée d'irréel, et tu te demandes si tu ne devrais pas rester couchée, appeler l'agence et d-d-dire que tu es malade, que tu ne viendras pas, et ne plus sortir tant que ce f-f-ichu voile ne se sera pas levé.

… J-j-j-'ai malgré tout pris sur moi et vaqué à mes occupations, co-comme d'habitude ; puis, en début d'après-midi je crois, je me suis rendue compte q-q-que dans mes pensées, je mélangeais les mots. Je ne r-r-rattachais plus les mots à c-c-ce qu'ils représentaient mais au contraire ils étaient joyeusement   p-p-pêle-mêle,   sautant indifféremment d'un objet à un autre, p-presque comme s'ils étaient animés d'une joie mauvaise … »

(Voilà pourquoi j'aime cette fille, j'adore son humour !)

« … Je me suis dit que j'étais f-f-fatiguée et je n'y ai pas plus accordé d'importance que cela. Seulement, le soir-même, lors…lorsque Frank est rentré, je n'ai pas pu lui tenir une s…seule conversation sensée : je bafouillais, oubliais les mots, bégayais. Tu me connais, Mike, il m'en faut plus q-q-que cela pour perdre mon assurance mais là, j'ai éclaté en sanglots.

T-t-tu comprends, c..c'est comme si je me retrouvais soudain dans une pièce close s..s..sans possibilité de communiquer à l'ex..térieur. Et depuis, cela ne fait qu'empirer. Que dois-je faire, Mike ? Frank m'a suggéré d'aller voir un psy, mais …

– Ah non, ne commence pas à te mettre entre les mains de ces charlatans. Ils ont le taux de suicides le plus élevé, en incluant le leur ! Non, crois-moi, Manu, tu ne devrais pas dramatiser toute cette histoire. S'il le faut, tout disparaîtra dans une semaine, et lorsqu'on t'en reparlera quelques mois plus tard, tu ne te souviendras même plus de ce mauvais moment. Peut-être as-tu besoin de t'éclater un peu, sortir, danser. Est-ce que Frank te sort assez ?

– C-c-ce n'est pas le pr.. problème, Mike, tu c-c-connais Frank, c'est ton meilleur ami et v-v-vous êtes ensemble depuis le collège. Il n'a-a pas changé d'un iota en 15 ans. Et je l'aime c-c-comme ça. Non, c'est autre chose, c-c-c'est comme si ... comme si on m'avait jeté un sort. »

Alors là, je me suis dit qu'elle déraillait complètement. Merde ! Qu'est-ce qui lui arrivait ?! Je me hasardai à de la psychologie de bazar :

« Es-tu sûre que Frank n'a pas changé ? Ne t'a-t-il pas dit quelque chose qui t'a froissée et que tu as préféré ravaler, mais pas si bien que ça ?

– Non, non et non ! Mike, cesse de me p-p-prendre pour une d-demeurée ou une de ces névrosées en m..mal de sensations ! Je te dis que c'est arrivé comme ça, s-s-ssans qu'il y ait une quelconque raison à cela. ... Vas-tu me laisser tomber ? »

Je lui ai pris les mains et les ai serrées très fort dans les miennes. Elles étaient moites, tremblantes. Je les ai gardées un moment, puis du dos de la main lui ai caressé la joue, doucement.

« Non, tu sais bien que non. D'abord ton mari me ferait frire en petites côtelettes juteuses, et ensuite je ne vois pas comment je pourrais me détourner de ces grands yeux désespérés. Si tu veux, je vais demander à un ami médecin qui soigne tous les cas possibles et inimaginables depuis 20 ans, il pourra me dire s'il a déjà rencontré des bégaiements spontanés parmi ses patients. Nous aurons peut-être par là même la solution à ton problème. Qu'en penses-tu ?

– Oui, d-d'accord, appelle-le. Appelle-le tout de suite, s'il te plaît !

– Ôlàà, attends !! Aujourd'hui il se rend à un colloque annuel des toubibs, et dimanche il sera en train de tâter le terrain avec son nouveau club de golf, entouré de ses amis. Je serais un parfait inconscient si je l'appelais pendant son seul jour de repos et il me raccrocherait au nez en pestant de m'avoir un jour laissé son numéro de portable. Non, il vaut mieux qu'il soit dans son bon rôle de médecin, avec blouse blanche et stéthoscope, entamant une nouvelle semaine de 'super-toubib', lorsque j'aurai à lui raconter ton histoire. Il prendra son air le plus sérieux, fera un ou deux

« hmm… hmmm » et se creusera la cervelle à ta place en inventoriant tous les cas de sa carrière. Lundi, promis. En attendant, finis ton verre ; et pour faire pénitence, je t'emmène faire des achats. Tu pourras me traîner partout, je ne râlerai pas, je te suivrai comme un petit chien et je porterai tous les sacs ! »

Manu sourit enfin, pour la première fois depuis sa confession, et je ne pus m'empêcher de lâcher un « Ouf ! » de soulagement. Cette fois-ci elle éclata de rire, et je m'empressai de faire chœur avec elle.

Quand je suis rentré chez moi ce soir-là, j'ai passé en revue toute la journée que nous venions de passer, et bien qu'ayant de nombreuses occasions de sourire en repensant à certains moments (par exemple, lorsque je suis tombé à plat ventre devant le vendeur de chaussures, les bras chargés de paquets, parce qu'un chien avait eu la sale idée de m'enrouler sa laisse autour des jambes), je restais préoccupé par Manu. J'avais remarqué qu'elle avait soigneusement évité de trop parler tout le reste de l'après-midi, me laissant le soin de jouer les conseillers auprès d'elle et des vendeurs, acquiesçant ou déclinant d'un hochement de tête ou d'un geste de la main, mais se gardant farouchement d'entrer dans une quelconque discussion.

Le dimanche 29 se passa de façon morne et je ne sais pourquoi, je n'osai appeler Manu. Je repassais tout en tête, encore et encore, me demandant pourquoi j'accordais autant d'attention à ce qui semblait être une détresse momentanée. Puis je me mis à imaginer l'effet qu'aurait un léger bégaiement sur les filles. A la Hugh Grant. A ne pas en douter, ça les ferait craquer. J'aurais mieux fait de m'avaler une bière au lieu de rêver à ça. Ça paraît idiot comme ça, à écrire, et ça va certainement me faire passer pour un dingue ; vous allez dire qu'est-ce qu'il y a de si grave à laisser son esprit vagabonder comme ça ? J'ai pensé ça moi aussi, au début, puis petit à petit, j'ai reconsidéré ce que je croyais être une logique irréfutable, mon attitude Saint Thomasienne bien terre-à-terre. Oui, reconsidéré ça petit à petit, chaque jour un peu plus déboussolé au fur et à mesure que tout s'écroulait autour de moi.

***

Chapitre deux

Je ne sais pas ce qu'est devenu Manu, ni même Frank d'ailleurs ; envolés, comme ça, pffttt ! et plus personne ne semble se rappeler d'eux. Bizarre ? Mais j'anticipe.

...

Le lundi 30 septembre, j'ai appelé comme promis mon copain toubib qui, comme je l'avais prévu, ponctua mon discours de « hmm hmm » entendus, avant de me poser la question à laquelle je m'attendais : « Ton amie, fait-elle une dépression nerveuse en ce moment ? »

Je lui assurai que Manu était tout sauf une femme fragile des nerfs.

« Il m'est déjà arrivé de rencontrer des cas de bégaiements subits, et c'était à chaque fois à la suite d'un choc physique ou émotionnel. A-t-elle vécu quelque chose de semblable ?

— Non, elle m'a certifié que non. As-tu un remède miracle pour ce genre de ... maladie ?

— Oui et non. Elle pourrait aller voir un orthophoniste. Je te donne deux noms, appelle-les de ma part ... - je notai – ... on ne sait jamais, ça pourrait peut-être débloquer quelque chose. Ou bien elle pourrait se trouver un amant. Tu n'as jamais pensé à être 'l'autre', celui qui comble les absences ? »

J'ai ouvert la bouche, puis j'ai repensé à mon coup de fil de samedi avec Manu et à ce que j'avais ressenti. J'ai refermé mon clapet. Pas besoin de savoir.

« Merci du tuyau, Greg, j'y penserai. A un de ces jours.
– Oui ; d'ailleurs j'attends toujours que tu viennes faire tes examens de cholestérol. »

Je l'ai quitté sur un « Ok » entendu – dans ses rêves, oui ; il ne me verrait pas de sitôt lui offrir mes veines, ce vampire ! – et suis allé m'asseoir sur le canapé, encore dubitatif.

Je suis resté là un moment, à ne savoir quoi faire. Qu'allais-je bien pouvoir raconter à Manu ? Que mon toubib lui conseillait de retrouver les joies de la grimpette aux rideaux avec un autre partenaire, moi de préférence ?! Si je ne voulais pas me retrouver à bouffer mes rognons servis comme plat en sauce par le chef cuisinier Frank, il allait falloir que je trouve une solution plus … médicale. J'optai pour l'orthophoniste.

« Allô ? » La voix de Manuela était angoissée.

« Manu, c'est moi, Mike.

– O-o-oh, M-M-Mike, q-q-que je suis heureuse de t'entendre ! Qu'a dit ton ami médecin ? »

Bon dieu, son bégaiement avait empiré depuis deux jours !

« Il m'a suggéré d'aller voir un orthophoniste. Tu en as un dans tes tablettes ?

– Non.

– Bon, on va prendre un des deux noms qu'il m'a donnés. K ou L ?

– Qu..qu..quoi ?

– K ou L ? Celui dont le nom commence par un …

– K. Celui-là.

– OK. Quand es-tu libre ?

– N'importe quand. Le p-p-p-plus vite possible. De toutes façons, j-j-je ne peux même pas retourner travailler. »

A écouter sa façon de parler, je voyais mal en effet comment elle aurait pu être crédible devant des clients.

« OK. Je te rappelle avec la date et l'heure du rendez-vous.

– T-t-t-u viendras avec moi ?

– Frank n'est pas là ?

– Il est p-p-parti 10 jours à Hong Kong, il ne sera de r-rretour que mercredi en huit. »

Finalement, mon toubib n'avait peut-être pas eu tort dans sa deuxième conclusion ...

« D'accord, poupée, je serai ton chevalier servant toute la semaine ! »

Le rendez-vous fut fixé pour le mardi suivant 8 octobre à 15h40 avec le docteur Kimarianami. Je rappelai Manu, la rassurai encore une fois, puis je m'affalai sur le sofa avec une Corona que je sirotai distraitement. Il fallait que je me change les idées :

« Allô, Carla ? Que dirais-tu d'une chevauchée fantastique, ce soir ? ... non, pas le film ! (Elle avait du mal à imprimer, parfois. À sa décharge, elle avait un corps du tonnerre, ne me laissait jamais en plan et ne s'attendait à rien de ma part) ... Yes, t'as pigé. Ça te tente ? ... oui, mon trésor, tout ce que tu veux ! Je passe te chercher vers 20h00, ça te va ? ... tu veux que je te sorte avant ou préfères-tu que je remplisse le frigo ? ... Ok, à ce soir alors. Bisou, mon cœur ! »

Ma soirée se présentait sous de bons auspices.

Je sortis faire quelques achats : saumon fumé (elle adorait ça), crevettes, blinis, fromage (ça, c'était pour moi. La chérie soignait sa ligne mais moi, je savais que j'aurais une faim de loup). J'avalai un sandwich en route.

Je pris également le temps de mettre un peu d'ordre dans la maison : vêtements qui traînent un peu partout : hop, dans la panière de la salle de bain, avec un tir qui aurait fait pâlir Michael Jordan. Je lavai la vaisselle qui s'accumulait depuis trois jours dans l'évier, maudissant Rose d'avoir choisi exprès aujourd'hui comme jour de congé. Je finis par un tour d'horizon pour détecter d'éventuels tuent-l'amour : miettes sur le lit ou sur la table basse, chaussures cachées sous le divan, bref tous ces petits plus qui peuvent être touchants pour une femme qui ne fait que passer, mais qui deviennent vite agaçants ou répugnants dès lors que la dame a décidé de dédier un peu de son temps chez vous à une partie de jambes en l'air.

Carla ne pourrait pas dire que je ne faisais pas attention aux détails !

Je dédiais ensuite trois-quarts d'heure à des exercices de musculation, histoire de faire ressortir mes pectoraux et mes tablettes de chocolat. Ça rendait Carla presque hystérique de caresser mes muscles gonflés par l'effort. Et quand Carla est hystérique, on peut s'attendre à tout !

Il me restait quelques heures avant les réjouissances du soir et après la douche, je ne savais plus trop quoi faire. Rentier, c'est bien la plupart du temps, mais ça a tendance à vous laisser beaucoup de temps libre pas toujours facile à occuper.

Oui, je suis rentier depuis maintenant trois ans, depuis qu'un oncle d'Amérique inconnu (on ne voit ça que dans les livres et pourtant, la grâce 'oncle d'Amérique' m'a touché moi aussi) décida de coucher sur son testament le nom de son seul neveu et membre de la famille encore vivant, avant de mourir de façon assez foudroyante : infarctus du myocarde. Ça ne pardonne pas.

Bref, je me suis retrouvé à la tête d'une immense fortune, d'une résidence secondaire assez coquette qui est vite devenue ma résidence principale, et pourquoi travailler dans ces cas-là ?! Mes efforts se concentraient donc jusque-là sur le sport, les sorties en tout genre, avec l'option 'remonte-le-moral-des-filles-lorqu'il-est-au-plus-bas'. Je donnais bien mon fric à des associations humanitaires, mais je laissais le soin à d'autres de s'en servir sur le terrain. Il y en a pour aider avec les deux bras dans le cambouis et il y a ceux qui aident à distance, sans pour autant avoir envie de se mouiller. Je faisais définitivement partie de la deuxième catégorie.

Je décidai pour tuer le temps d'aller au cinéma ; je choisis la version longue d'un film obscur qui mettait en scène des extra-terrestres ayant envahi la terre pour la $n^{\text{ième}}$ fois, se promettant d'y mettre en place une politique saine fondée sur le « si tu ne m'obéis pas, je te mange ! ».

C'est la mode en ce moment, une manière de détourner l'attention du public de toutes les magouilles des puissances qui font la loi dans ce monde et qui elles, sont bien terrestres. Ça a l'air de marcher, d'une certaine façon.

Bon, l'intrigue était bien menée et je savais dorénavant en sortant de la salle que nous étions bel et bien envahis par une race supérieure qui avait élu domicile dans son garde-manger.

De retour à la maison, je changeai de t-shirt pour un plus moulant, sortis l'attirail dîner-chandelles-séduction (même si on savait qu'on allait se frotter, rien n'empêchait de mettre les formes !), vérifiai mon stock de préservatifs. Voilà. Ne restait que la Belle.

Je passai à son appartement de l'autre côté de la ville, 20h précises. J'adorais être à l'heure pour ce genre de rendez-vous. Elle m'ouvrit et soudain j'oubliai tout : quelle beauté ! Elle avait remonté sa masse de cheveux bruns en un chignon terriblement sexy, avec de longues boucles qui encadraient son visage mi-enfant, mi-garce. Son corps bien fait était moulé dans ma robe rouge préférée (je lui avais demandé de garder celle-là uniquement pour moi) et ses talons fins la grandissaient de 10 bons centimètres. Fiou !!! Quelle image ! Aussitôt mon sang afflua aux bons endroits, saluant profondément ses charmes. Elle sourit et ses lèvres généreuses s'étirèrent lentement sur des dents d'une blancheur impeccable tandis qu'elle avançait sa main vers la protubérance exagérée de mon pantalon. Je l'embrassai dans le cou de manière appuyée, en guise d'apéritif. J'évitai la bouche : Carla ne supportait pas qu'on la nettoie de son rouge à lèvres. C'était à elle qu'appartenait la décision de prendre un mouchoir pour délicatement retirer le carmin de ses lèvres. Et alors là, on pouvait s'attendre au grand gala. J'aimais bien ce rituel, cette attente, et je relevais toujours le défi de la faire craquer au moment où elle résistait le plus.

Direction : mon baisodrome. Après un dîner copieusement arrosé pendant lequel Carla se fit un plaisir de réactualiser mes scoops sur la Jet 7, nous passâmes aux choses sérieuses. Je passerai les détails ici, mais je dois pourtant expliquer ce qui m'arriva à un moment bien précis de nos ébats, car ce fut le commencement d'un cauchemar qui ne s'est pas arrêté depuis :

Carla aimait bien qu'on lui parle pendant l'amour. Pas trop, mais un peu. Ça ne me gênait pas, je pouvais même trouver ça émoustillant par moments et je dosais savamment mon langage en fonction de l'abandon de ma partenaire de jeux.

Elle semblait à ce moment-là prête pour une de ces phrases-miracle qui la faisaient grimper aux rideaux. Je me lançai donc dans ce qui fut la plus grosse bourde de ma vie :

« Mmm, ma belle, laisse-moi baiser ta famille !

– QUOI !????!?!!!

– POITRINE !! Je voulais dire POITRINE !!! J-J-Je voulais dire …p..p…

– Comment peux-tu sortir des horreurs pareilles ?!! Ma famille !!! Ma mère, mon père pendant que tu y es ! AAarrgg !! Tu es un malade, un fou, il faut te faire enfermer, espèce de … de … de pédophile !! »

Carla n'avait jamais excellé dans l'art du mot juste mais elle sut très bien me faire comprendre là qu'il valait mieux que je remballe vite fait mon matériel. D'ailleurs, toute envie avait disparu. Je me levai, confus, bredouillai des excuses, invoquai que ma langue avait fourché, que jamais au grand jamais je n'avais même pensé à inclure sa famille dans nos fantasmes sexuels, mais rien n'y fit. Elle se rhabilla et me planta là sans plus un mot.

J'étais abasourdi, me demandant comment cela avait pu m'arriver à moi. C'était la première fois de toute ma vie que j'utilisais un mot à la place d'un autre, et j'avais BEGAYE. Et ça non plus, ça ne m'était jamais arrivé.

Je restai longtemps comme ça, sans bouger, sans même arriver à penser. Puis je me dis qu'il était temps que j'aille me coucher et de toutes façons, je n'avais plus rien d'autre à faire. Je dormis d'un sommeil lourd.

Le lendemain matin (mardi 1er octobre), je me levai avec la gueule de bois et de mauvaise humeur. La douche ne me fit aucun bien et mon petit déjeuner me parut insipide.

Je décidai malgré tout d'appeler Carla pour essayer de rattraper les événements de la veille : elle avait laissé son répondeur sur « On ». Je faillis lui crier d'aller se faire voir mais je me ravisai et lui laissai un message câlin avec moult promesses prometteuses. Puis j'appelai le fleuriste et lui fis livrer une gerbe de roses rouges. Après ça, je m'affalai sur le canapé, abattu.

Cette journée fut morne au possible, partagée entre la cuisine, les exercices physiques, le repassage (bof, ça m'occupait) et le tri de mes dernières contraventions. Puis je sortis pour m'aérer la tête, qui en avait bien besoin.

J'aimais bien traîner dans les rues parfois et ce soir-là mes pas me dirigèrent mécaniquement vers le parc, tandis que le soleil disait bye-bye à l'hémisphère nord et allait voir de l'autre côté si j'y étais. Le parc était presque désert, ce qui ne manquait pas d'être insolite car le temps était doux et il ne pleuvait pas. J'errais dans les allées, ne pensant à rien, et je passai ainsi devant ce qui semblait être un clochard – à moins que ce soit un type qui n'avait pas dessoûlé depuis le vendredi soir – assis sur un banc. Je n'y aurais pas prêté attention plus que cela, s'il ne m'avait fixé de façon quasi hypnotique en marmonnant quelque chose entre ses lèvres engourdies, qui tout en m'étant parfaitement inintelligible, ne m'en mettait pas moins mal à l'aise. Je m'étais approché de lui, prêt à lui dire « Ça va ? » ou une autre connerie de ce genre, juste histoire de détendre la boule qui s'était formée dans mon ventre. Avant que je n'arrive à distance confortable pour parler, il pointa soudain son doigt vers moi et baragouina, les yeux exorbités :

« Gou … i …go… yaa …go..go..go », puis éclata d'un rire qui n'eut comme effet que de me resserrer la gorge. Il me dit ensuite une phrase que je n'oublierai plus de toute ma p... de vie :

« Bientôt ton tour ! B-B-B-ientôt … tôt-tôt...ton... t-t-our !!! »

Sa phrase eut un effet indescriptible sur moi. Je lui sautai à la gorge :

« Salaud, c'est toi enfoiré !! Qu'est-ce que tu lui as fait ?!! »

Il me regarda de ses yeux globuleux injectés de sang et se remit à rire de plus belle, ce qui acheva de me faire perdre mon sang-froid. Je l'agrippai par le col de son imper froissé et le fis valser jusque de l'autre côté du chemin. Il accrocha le sol avec ses dents et je ne lui donnai pas l'occasion de se relever. Je bondis à ses pieds et lui envoyai des coups de lattes dans les côtes en lui balançant tout le vocabulaire injurieux que j'avais patiemment engrangé durant mes années de collège. Je ne crois pas avoir jamais senti une rage aussi féroce, aussi loin que je puisse me rappeler. J'étais comme aveuglé, je voyais rouge. Je me sentais dans la peau d'un de ces types qui arrivent à tuer sous le coup de la folie. Presque.

Quand enfin je me suis arrêté, ce pauvre connard riait toujours, avec son sang qui dégoulinait sur sa figure tuméfiée. Je me suis dit que c'était moi le connard. Je venais de frapper un type dans un jardin public parce qu'il avait bégayé en me parlant ! S'il y avait eu un flic dans les environs, j'aurais été bon pour la taule.

J'ai relevé le type en vitesse, qui affichait son sourire le plus niais - « Bravo ! Vous venez de gagner un million de carottes à la Grande Roue de la Fortune ! » - et l'ai replacé sur son banc avant de filer comme un voleur. Mais je n'ai pas couru assez vite pour m'empêcher d'entendre une dernière fois sa voix éraillée qui ricochait sur moi comme un écho contre les murs d'une grotte : « ..t-t-ton... tour... tour ...tour ! »

Lorsque je suis arrivé chez moi, j'étais en sueur, haletant comme un bœuf et plus parano que le dernier des psychotiques. Je n'avais cessé de regarder par-dessus mon épaule durant tout le temps de ma course, épiant le Columbo qui surgirait d'un fourré et me sauterait dessus, les menottes au poing. Une fois la porte de mon duplex refermée derrière moi, j'ai commencé à souffler. J'ai pris un long bain durant lequel j'ai pu réfléchir à ce qui venait de se passer.

Ce type n'était pas innocent, j'aurais pu le jurer. Ce n'était pas une phrase anodine, pas plus que le bégaiement n'était banal. J'avais été stupide, j'aurais dû le questionner, lui extorquer ce qu'il savait sur le mal dont souffrait Manuela. Il n'était peut-être pas l'instigateur, mais il savait sûrement des choses que j'ignorais. Il fallait que je le revoie.

Je suis sorti de la baignoire, ai enfilé un vieux t-shirt et un jean. 19h. J'avais encore le temps de retourner dans ce parc avant … je ne sais pas, je devais bien ça à Manu. En arrivant au parc, le type avait bien sûr disparu. Je n'étais pas fier de la façon dont je m'étais conduit mais j'ai étouffé ma conscience en me disant qu'il n'allait pas oublier la leçon et qu'il passerait le message à l'enfant de p... qui avait jeté un sort à Manu.

Un sort ! Je déraillais complètement.

Plus tard dans la soirée, avachi sur mon canapé, j'ai repensé aux événements de ces deux derniers jours : « J-J-Je ». Bégayé. Comme un froussard. « B-B-Bientôt.. ton.. tour ! » … Non, ça ne pouvait pas être ça. Conneries, foutaises. J'avais bégayé simplement parce que j'avais été pris au dépourvu par la réaction de Carla. … Par MA réaction, oui ! À cause de ce fichu mot 'famille' à la place de 'poitrine'. Ça rimait à peine ! Ce n'était pas non plus ce que les psys appelaient un lapsus. Non, rien de tout ça. Quoi, alors ?

Comme penser longtemps et profondément à quelque chose n'avait jamais été mon fort, j'ai fini par regarder la télé jusque tard dans la nuit, puis me suis traîné dans ma chambre où je me suis écroulé sur mon lit dans un sommeil sans rêve.

***

Chapitre trois

Le mercredi 2 octobre, j'avais décidé d'aller disputer une partie de tennis avec Manu. Frank était encore à Hong Kong pour six jours et la pauvre devait se sentir bien seule.

Malgré tout, je pris une profonde inspiration avant de composer son numéro. Merde, encore un répondeur ! La journée commençait bien.

« Bonjour, Manu, c'était Mike. Je voulais te prop...

– A-a-allô, Mike ?

– Manu, finalement tu es là !

– D-d-d-ésolée, M-m-mike, mais tu comprends, j-j-jje ne peux plus parler à-à-à n'importe qui, je suis obligée de f-f-filtrer. »

Son bégaiement ne s'était pas arrangé. C'en devenait presque insupportable. Je coupai court :

« Je nous réserve un court pour 14h ?

– D'accord, au point où j-j-j-j'en suis, un peu de sp-sp-ort ne me fera pas de m-m-mal.

– Je passe te chercher dans une heure, OK ?

– OK, chef, à t-t-tout à l'heure. »

J'eus alors ma première surprise de la journée lorsque j'appelai le Club :

« 14h ? ... oui, Monsieur. Monsieur ? ... ah, je regrette, Monsieur Rossinter, mais je ne puis satisfaire à votre requête, ce Club est réservé aux seuls membres.

— Mais.. ?! Mais enfin, je SUIS membre de ce Club ! Depuis deux ans ! RO-SSIN-TER, regardez vos tablettes, bon sang !

— Je suis désolé, Monsieur Rossinter, votre nom ne figure pas ... »

Je raccrochai violemment. Ils avaient dû changer de réceptionniste et cet abruti ne savait pas lire.

J'aurais dû en rester là.

Mais je suis passé prendre Manu à l'heure et nous avons roulé en direction du Club. J'avais décidé de passer sous silence le petit incident. Ce n'était pas la peine d'en rajouter.

A vrai dire, nous parlions peu. Je ne savais pas si je devais lui relater la catastrophe qui m'était tombée dessus (et c'était une véritable catastrophe pour moi, j'avais peut-être perdu le coup du siècle, en termes de disponibilité(s)). C'était tentant, mais comment aurait-elle réagi ? Je décidai de remettre à plus tard. Après le tennis.

Nous arrivâmes au Club alors qu'une fine pluie commençait à tomber. Un digne croque-mort nous accueillit sobrement à l'entrée et je me demandai si c'était le pingouin à qui j'avais raccroché au nez. Je n'avais jamais fait attention auparavant à ce personnel, je le regrettais un peu aujourd'hui.

« Monsieur Rossinter. Nous n'avons pas réservé mais je pense qu'à cette heure-ci, il ne devrait pas y avoir de problème pour trouver un court de libre. »

Manu tourna la tête vers moi, surprise.

Le croque-mort souleva un sourcil et ouvrit la bouche : « Je suis désolé, Monsieur, mais nous ne pouvons vous réserver de court. »
Je m'énervai : « Ne me redites pas que je ne suis pas membre ou j'appelle la Direction, qui saura vous rappeler à qui vous parlez !
— Excusez-moi, Monsieur, je rectifie : vous ne faites **plus** partie de ce Club.

— Appelez-moi la D… ! » … *Carla !! C'était elle bien sûr ! Elle m'avait fait rayer des listes ! Je la savais influente, mais pas à ce point. La salope !* J'ouvris à nouveau la bouche mais Manu m'interrompit : « L..L.. Laisse, Mike, allons-nous en ».

Humilié, je tendis un doigt menaçant vers le croque-mort toujours aussi digne, tandis que Manu me tirait par l'autre bras. J'étais furieux. Elle m'avait bien eu la garce, et peut-être même avait-elle répandu des mensonges sur moi dans tous les lieux que je fréquentais habituellement. J'apprenais à mes dépens qu'il ne faut jamais insulter une femme dans ce qu'elle a de plus sacré. Mais de toutes façons je n'y pouvais rien, le mot fatidique était sorti sans que je puisse le contrôler.

Je ne pouvais cacher plus longtemps ma mésaventure à Manuela. Une fois dans la voiture, je lui déballai tout. Je la fis rougir mais je m'en foutais, j'étais remonté et surtout je voulais faire taire la panique qui s'était insinuée en moi. C'était de sa faute, après tout ! Elle m'avait peut-être filé son virus de merde et il était fort possible que mon 'lapsus' m'ait à jamais rayé de la carte de cette société mondaine qui m'avait si bien nourri pendant deux ans. J'avais du mal à ne pas haïr mon témoin d'infortune à ce moment précis.

Sa détresse me fit néanmoins revenir sur terre.

« Que se p-p-passe-t-il, Mike ? J-j-je ne comprends plus rien, plus rien n-n-ne tourne rond ! »

J'ai repensé à mon film de science-fiction de l'avant-veille. Le châtiment ultime. Bégaiement à vie, jusqu'à ce que nos neurones ne soient plus que de la bouillie pour chats, puis servis comme hors-d'œuvre dans les plats argentés – ou saturnisés – de nos hôtes à trois yeux et huit bouches.

Cette pensée me fit à peine sourire. J'ai regardé Manu l'air con, ne sachant quoi répondre à cette phrase qui résumait le destin de Madame la Terre. Ma réponse, comme toujours, fut pragmatique :

« Ne t'inquiète pas. Il suffit que je retrouve une minette éplorée qui a ses entrées là et je serai à nouveau accueilli à bras ouverts dans ce club *de merde ou d'ailleurs je n'ai plus envie de mettre les pieds !* »

J'avais presque crié la fin de ma phrase.

« Que fait-on, Mike ? Es-tu s-ssûr que le P-P-Pprofesseur Kimarianami ne peut pas me prendre en rendez-vous avant le 8 ? »

Elle venait de l'appeler 'professeur'. Pas de doute, c'était du sérieux.

« Non, désolé. C'est tout ce que j'ai pu avoir. Moins d'une semaine, Manu, accroche-toi ; tu vas voir, après, tout sera résolu, foi d'ancien toubib réformé !

— Mais tu n'as j-j-jamais été toubib, Mike !

— Et que fais-tu de mes vies antérieures ?! ... As-tu appelé Frank ?

— Oui ; je l'ai eu 10 minutes au téléphone ce matin, il était p-p-p-pressé. Un contrat avec une espèce de cartel là-bas. Il a essayé de me r-r-rassurer mais ... bon... »

Tout en parlant avec elle, j'avais démarré et je roulais un peu en rond dans la ville. La pluie continuait de tomber, forçant les automobilistes à ralentir.

« A-a-arrête-toi, Mike, tout de suite ! »

Pris au dépourvu, j'essayai de me rappeler ma dernière phrase. La douleur qui me traversa jusqu'à l'épine dorsale et l'embardée que fit la voiture me déconnectèrent aussitôt de ma réflexion. Manu m'avait écrasé le pied en voulant appuyer sur le frein et avait tourné brusquement le volant vers la droite.

J'ouvris la bouche pour protester mais elle ne m'en laissa pas l'occasion.

– Là ! là ! Viens, allons là m-m-maintenant !!!

Elle était surexcitée, et pendant que des klaxons furieux nous enjoignaient de nous ranger proprement, j'ai lentement tourné la tête vers ce qu'elle désignait d'un doigt tremblant : sur une plaque fixée au mur, à l'aspect tapageur, était marqué en grosses lettres '*Mr Sabbhah, voyant*'. En plus petit en dessous, on devinait ses lettres de créance et ses horaires de consultation. Un looser qui n'avait pas réussi à entrer dans l'administration.

« Manu, tu ne vas quand même pas …
– Tais-toi, Mike. Je veux tout essayer. T-t-tu comprends, tout. Viens, entrons ! »

Bon. Je savais d'expérience que quand une femme a décidé quelque chose, un tremblement de terre ne la ferait pas changer d'avis. J'ai donc traîné les pieds derrière elle et me suis retrouvé dans un vestibule encombré de mille et une conneries probablement destinées à stimuler les 'images' du maître des lieux. L'encens ne m'aurait pas gêné s'il avait eu l'arôme de la Corona, mais cette senteur douceâtre me soulevait à moitié le cœur. Je pris machinalement sur une des étagères un petit hibou en bois qui semblait me faire un clin d'œil coquin. Manu me frappa le bras tellement fort que je faillis renverser tous les bibelots, soigneusement entreposés depuis des siècles au vu de la poussière qui s'était accumulée là.

Au même moment, une voix résonna : « je savais que vous viendriez ! » Je faillis éclater de rire. Le cliché d'enfer, qui vous met dans l'ambiance et vous rassure sur le bien-fondé de votre visite. Manu me fusilla du regard mais je lus dans ses yeux qu'elle venait d'être ferrée, comme tant d'autres angoissés avant elle.

« Entrez, ne restez pas dans le couloir ! »

Nous débouchâmes sur une pièce pauvrement éclairée, dans les tons rouge et vert – comme chez l'ophtalmo – décorée rococo, avec des perles dans tous les coins et une énorme boule de cristal trônant au milieu d'une petite table ronde en chêne. J'avais l'impression d'évoluer dans un mauvais film.

Manu, visiblement plus impressionnée, restait coite. Nous nous assîmes en face d'un homme sans âge, pas efféminé pour deux sous, qui nous regardait avec une espèce de compassion ironique, ce qui a toujours pour effet chez moi d'avoir envie d'emplâtrer le visage de celui qui la porte. Cette 'compassion' a un je-ne-sais-quoi de suffisant qui rabaisse la victime qui la subit ; et non décidément, je n'aime pas ces airs supérieurs.

Le type avait une moumoute frisée noire qui dépassait de sa chemise en soie bleu nuit (pas mal, la chemise) et un foulard multicolore sur la tête qui lui donnait un côté sixties. Je ne sais pas pourquoi ce genre de personne a toujours un foulard sur la tête et je faillis lui demander si c'était pour empêcher ses idées de s'enfuir par là, mais l'air grave de Manu me fit ravaler mes mots. Peut-être en partant, lorsque Manu serait dehors...

J'étais sûr que le type regarderait dans sa boule, blêmirait, prendrait un air dramatique à la Dame aux Camélias et clamerait qu'on avait le mauvais œil, nous enjoignant de partir de son antre avant que le sort ne retombe sur lui. On voyait ça dans tous les films de ce genre série B. Ou C. Au lieu de ça, à ma grande surprise et au plus grand effroi encore de Manu, il sortit une Lucky Strike de sa poche de chemise et l'alluma tranquillement devant nous. Il tira deux ou trois bouffées pépères en nous regardant et j'avoue que je me sentis un peu con. Il m'avait bluffé sur ce coup-là. De fait, il me parut plus sympathique.

« Bon. Il semble que vous ayez certains problèmes que vous n'arrivez pas à résoudre et c'est la panique totale. Vous, d'ailleurs ... » - il pointa un doigt vers moi - « ... vous allez bientôt entrer dans le même cycle infernal. On n'y peut rien. Ça arrive tous les 20 ans environ. Ma mère en avait reçu deux, une fois, à son époque. Elle n'a jamais plus entendu parler d'eux après cela, mais elle savait ce qui leur était arrivé.

– Qu.. qu... qu'est-ce qui leur est arrivé ? »

Je ne pensais pas que Manu aurait osé poser cette question. Le type tira une autre bouffée de cigarette : « Vous êtes certaine de vouloir la réponse ? » Manu baissa les yeux, prête à pleurer.

Je décidai de jouer le jeu : « Bon. Qu'y a-t-il à faire ? Vous ne connaissez pas des trucs pour exorciser, enlever le mauvais sort ? Vous devez savoir, avec votre profession ! » Le dernier mot avait eu du mal à passer.

Il eut un sourire qui me fit penser à certains de ces tableaux où le Diable est représenté avec un visage angélique, mais avec un regard à vous faire regretter d'avoir piqué un jour dans la boite à gâteaux de tante Agathe : « Ça dépasse tout ce que vous connaissez. Beaucoup de légendes courent là-dessus, aucune qui soit réellement intéressante. Tout se passe comme si la nature avait besoin de temps en temps de se débarrasser de certains parasites... »

Je me levai d'un bond, prêt à lui montrer que le parasite en question avait un poing gros comme un jambon qui allait s'écraser sur sa tronche de vieux beau s'il continuait.

Manu me retint violemment. Elle était blême, comme si Madame la Mort s'était tenue dans son entrée pour l'inviter à passer boire un coup dans le cimetière après le dessert.

« Vous êtes en train de dire qu'elle va ... !
— Non, Mike, n-n-n-e prononce pas le mot, je t'en prie ! »

Inconsciemment, je m'étais exclu de la sentence de mort, tout simplement parce que je n'avais pas encore les symptômes flagrants de cette … maladie. C'était inconcevable. Irréel. Bon dieu, on était sur Planète Terre, au 21ème siècle, pas au Moyen-Âge !

« Vous voulez une taffe ? Ça vous aidera à digérer la nouvelle. »

Une fois de plus je faillis me servir de son visage comme punching-ball pour effacer ce sourire parfaitement en contradiction avec ses propos. Je me retins, pris la main de Manu et l'entraînai derrière moi tandis que le faux mage nous gratifiait d'un : « C'est gratuit pour vous ! » et éclatait d'un rire sonore. Je l'imaginais en train de graver sur le mur derrière lui la 52ème croix de son tableau de chasse, un mince trait rouge fendant horizontalement son visage en deux.

Dans la voiture à l'arrêt nous restâmes silencieux, chacun dans nos pensées : elle, s'imaginant probablement que sa vie allait s'arrêter dans les huit jours, et moi me disant que tout ça commençait sérieusement à me gonfler. Vrai, la journée avait été une des pires de ma vie, avec l'aventure 'Carla' et la fois où, après une longue nuit passée à écumer les bars, je m'étais retrouvé allongé dans un caniveau au petit matin, entouré d'immondices et la tête plus grosse que le building d'en face. Bref, j'en avais plus que marre de me balader depuis quelques jours entre la fiction et la réalité comme un funambule sur son fil. Frank ne faisait pas son boulot et c'était moi qui récupérais les pots cassés. Il entendrait parler du pays lorsqu'il reviendrait !

A vrai dire, je n'ai jamais eu l'occasion de lui dire quoi que ce soit, puisque je ne l'ai jamais revu. Son voyage s'allongea de plusieurs autres journées et je n'eus plus de ses nouvelles par la suite.

***

46

Chapitre quatre

Après le Club et le voyant, nous avions décidé d'arrêter les frais pour la journée et nous nous quittâmes avec la ferme intention d'avancer le rendez-vous avec le Docteur Kimarianami.

Au passage, j'avais sur mon répondeur en rentrant un message de Rose qui s'excusait de n'être pas passée faire mon ménage ces derniers jours et qui m'annonçait qu'elle était dans l'obligation navrante de devoir arrêter de travailler pour moi : sa mère étant souffrante, elle retournait au pays pour la soigner. Vrai ou pas vrai, je m'en tamponnais, et je me suis dit que le ménage pouvait attendre. Au pire, j'en ferais un peu moi-même.

Je passai presque 20 minutes avec le cabinet du Dr K., à essayer de franchir le barrage d'une secrétaire très zélée, mais j'eus finalement gain de cause et le rendez-vous fut avancé au samedi 5 octobre à 8h du matin. Après cela, je me couchai tout bonnement avec mes amies les poules, trop crevé pour faire autre chose.

Le jeudi 3, j'eus une extrêmement mauvaise surprise devant mon boulanger.

Je caressais du regard de magnifiques tartelettes aux fraises en attendant mon tour. Lorsqu'il me demanda ce que je désirais, je levai les yeux et partis d'un « ...J...vou-vou-dr... tart...ta-ta... fraise ! » bien sonore.

Je refermai aussitôt la bouche et dans la peur panique de renouveler mon exploit, je tournai les talons et sortis le plus dignement possible. Mon cœur menaçait de s'emballer comme un métro qu'on aurait lancé à plein régime avec une bombe à bord et sans chauffeur (j'avais vu ça dans un film), et l'émotion avait fait monter la température de mon corps de plusieurs degrés. Dans la rue, j'essayai discrètement de reformuler ma phrase mais il ne sortait rien d'autre d'entre mes dents qu'une bouillie infâme de sons à moitié articulés.

Cette fois le vertige me prit et je rentrai directement chez moi. Je ne pensais à rien d'autre qu'à pouvoir dire des phrases cohérentes d'un seul trait. Il me fallut presque une heure et une dizaine d'objets en mille morceaux pour arriver à un résultat satisfaisant. Ma maison était en l'air mais je pouvais à nouveau parler normalement. Je refusai d'y penser plus avant et je me lançai à corps perdu dans trois heures de gymnastique intense, jusqu'à ce que mes forces m'abandonnent et que je m'écroule sur le sol, littéralement vidé. Je m'endormis comme une souche, là, en pleine après-midi, alors que je n'avais pas bu une seule goutte d'alcool depuis la veille. ça ne m'arrivait jamais. De ne pas boire aussi longtemps.

Lorsque je me suis réveillé, la pendule marquait 17 heures. Je m'étais effondré dans les bras opulents de la déesse du sommeil durant deux heures et demie. Machinalement, j'ai touché mon front pour vérifier si je n'avais pas pris une insolation. Un vrai crétin ! Je n'avais pas vu le soleil d'automne plus de 10 minutes depuis le matin.

C'est incroyable comme lorsqu'il arrive quelque chose d'inhabituel dans notre vie, nos pensées se tournent instinctivement vers le corps et un possible dysfonctionnement de celui-ci. Le reste est trop impalpable pour qu'on se décide à y faire une petite incursion. Pas touche. Domaine de Dieu, ou du psy. Qui se pose en expert alors qu'il pourrait expérimenter la frêle frontière qui sépare le sain d'esprit du fou à lier comme ça, en une seconde. Tiens, j'aimerais bien voir un de ces psys se mettre à bégayer comme l'idiot du village, pendant une de ses séances. D'ailleurs, c'est peut-être la raison pour laquelle ils parlent peu.

Je me suis levé péniblement en m'accrochant aux accotoirs du canapé, le corps endolori par la position peu confortable dans laquelle je m'étais endormi. Le soleil entrait encore de manière généreuse par les fenêtres et la quiétude qui en émanait apaisa mon angoisse. J'étais maintenant curieux de connaître les origines de ce 'désordre du langage' (encore un terme de psy pour dénommer ce p... de bafouillage où les mots sont devenus nos ennemis) et j'avais hâte d'entendre ce que le Dr Kimarianami aurait à nous apprendre à ce sujet.

Après avoir glandé comme un beauf le reste de la soirée et après ma troisième bière, je décidai de retenter une soirée dehors. Je jetai mon dévolu sur un café que j'avais l'habitude de fréquenter, qui ne payait pas de mine au premier abord mais qui avait l'avantage d'engranger une quantité non négligeable de jeux vidéo et autres flippers parfois dignes des années 50. J'aimais bien passer deux ou trois heures dans ce rade de temps en temps, enfermé dans ma bulle au milieu des bruits électroniques et des cris de triomphe des joueurs en veine.

Je jetai un blouson de cuir sur mes épaules et sortis respirer l'air frais. Je pris à droite ; j'avançais d'un bon pas lorsqu'au bout de 300 mètres je stoppai soudain : je ne savais plus du tout où je devais me rendre.

J'eus un petit rire con tandis que sans m'en apercevoir, du moins au début, je m'étais mis à respirer plus profondément ; je sentis lentement monter en moi un mélange de colère et de peur sourde.

Je m'insultai copieusement de mon stupide trou de mémoire et m'efforçai, en regardant la direction que j'avais prise, de me rappeler où diable j'avais bien voulu aller. J'avais beau m'escrimer, rien ne sortait de ma tête désespérément vide. J'eus soudain la pensée folle que je ne retrouverais plus mon adresse de domicile.

152 rue du Chardonneret. Heureusement, elle était toujours là, collée dans un coin de ma mémoire comme un morpion accroché aux parties.

Je me rendis compte alors que j'étais en train de m'hyper ventiler. Je me forçai, au milieu de la rue, à respirer moins fort, plus posément. Je n'avais pas tout perdu, c'était juste un trou de mémoire comme des milliers de gens en avaient tous les jours. Et celui-là, c'était un gouffre. Béant, d'au moins six mètres de profondeur.

J'ai décidé que ça ne valait pas la peine que je prenne mon casque de spéléo pour aller patauger dans le fond, qui devait être aussi humide et nauséabond qu'un marécage au début de l'été. Je me suis retourné précautionneusement pour entamer la rue en sens inverse, afin de rentrer chez moi.

La bière, ce devait être cela (c'est ce que je me disais courageusement). Sauf que je tenais l'alcool mieux qu'un Russe abandonné depuis sept ans en pleine Sibérie, avec comme seul plan pour l'avenir de trouver six autres bouteilles de Vodka pour terminer la semaine. ... Mais décidément je refusais de croire en une autre raison que la bière. J'allais arrêter de boire autant, c'est tout. J'avais entendu dire un jour à une émission que si le vin pouvait avoir une certaine action bénéfique sur le corps, il pouvait également gravement altérer les neurones. De toutes les façons, ça ne pouvait pas me faire de mal de me calmer sur la boisson. Et tout rentrerait dans l'ordre.

Je méditais encore sur ces pensées hautement philosophiques quand je suis entré dans mon duplex ; j'ai fermé la porte à double tour derrière moi, comme pour empêcher les mauvais esprits de pénétrer dans mon antre. Si j'avais pu prévoir ce qui allait m'arriver par la suite, je crois que j'aurais pris des dispositions plus sérieuses. A vrai dire, je ne sais pas encore aujourd'hui ce qui m'aurait sauvé.

***

Chapitre cinq

Samedi 5 octobre : jour J. Je n'avais presque pas fermé l'œil de la nuit, ayant attendu les premières lueurs du jour avec impatience et surtout ce rendez-vous qui mettrait fin – je l'espérais très fort – à ces absurdités que je vivais depuis quelques jours. Le peu de temps que j'avais passé au pays des rêves m'avait laissé un goût métallique dans la bouche et une sueur moite des plus désagréables. Mes draps étaient en tire-bouchon lorsque enfin je me suis levé, rouillé comme un petit vieux.

Je me servis un café digne des grands maîtres turcs, que j'avalai sans me brûler, exploit que j'accomplissais plutôt rarement. Je me préparai rapidement. Nous avions l'insigne honneur de faire démarrer la journée du Dr Kimarianami plus tôt que d'habitude, le planning de celui-ci étant engorgé dès 9h et pour le reste de la semaine, il nous fallait être à l'heure.

Je passai prendre Manu à 7h40 – Frank avait encore appelé la veille et d'après ce que j'en avais compris ils s'étaient engueulés, il ne comprenait rien, ... Je ne me suis pas inquiété outre mesure, ça leur arrivait de temps en temps et ça ne laissait pas de trace, vite oublié.

Nous nous garâmes devant le 11 de la rue Saulnière, une maison de ville cossue avec une plaque dorée ne laissant aucun doute sur la profession exercée ici. Nous sonnâmes à la porte et le docteur lui-même nous ouvrit. Il était petit, très brun (je ne m'attendais pas non plus, avec un nom pareil, au type scandinave aux yeux bleus), mais - et je trouvais ça incongru pour un toubib - il ne portait pas de lunettes.

Manu était timide et ça aussi c'était incongru. Pour un peu, je me serais cru dans un rêve. Un mauvais rêve où les gens propres sur eux commencent à avaler leur langue au moment où vient leur tour de parler.

Après le serrement de main d'usage, nous suivîmes le Dr K. dans son antre, moi devant, la petite souris qu'était devenue la principale plaignante, derrière moi - je dirais même : collée à moi.

Je trouve ça étrange aujourd'hui, de pouvoir me rappeler avec une précision terrifiante chaque détail de ces semaines précédentes, presque chaque odeur, chaque son, chaque sensation de toucher. C'est un peu comme si j'avais été bercé tout le temps par le même conte, sans cesse répété, et que celui-ci s'était gravé dans ma mémoire comme des hiéroglyphes sur des tablettes en acier trempé. C'est ça, je crois, qui me fiche le plus la trouille : tout est trop réel, on ne peut pas se dire qu'on va se réveiller d'un coup et rire – un peu jaune – du mauvais rêve qu'on vient de faire. Quand je me regarde dans la glace, je vois un type – si, si, il doit être jeune – bouffi, harassé, la bouche tremblante, rien du play-boy d'antan. Je serais incapable de lever ne serait-ce qu'un lièvre. Depuis que j'ai arrêté le sport (plus de motivation, n'est-ce pas), la graisse a joyeusement envahi le nouvel espace vide entre mes muscles et ma peau et elle a fait de mon corps sa résidence principale depuis que les impôts ont été levés. De toutes façons, il n'est pas question que je sorte avant d'avoir terminé ce foutu livre, journal ... je ne sais pas comment l'appeler. Je ne sais pas non plus ce que j'en ferai, j'irai le montrer aux flics, à l'armée, aux RGs, mais bordel, quelqu'un a intérêt à trouver ce qui se passe !

Le Dr K. nous fit entrer dans son cabinet, cossu, meublé d'appareils dernier cri et de tableaux de maîtres. Il fit asseoir Manu dans un fauteuil en cuir noir épais tandis que je prenais le siège qu'il me désignait de l'autre côté d'une machine géante dotée d'un écran. Il prépara tout son matériel, encore un peu endormi me sembla-t-il, et s'assit sur un tabouret en face de Manu.

« Parlez-moi.

– …

– Allez-y, n'ayez pas peur. Parlez-moi, dites n'importe quoi.

– C-c-c'est diff-icile, Docteur, j-j… j… »

Je m'énervais autant qu'elle, imitant malgré moi les mouvements de sa bouche comme si ce rituel allait l'aider à cracher cette satanée phrase.

Le Dr K. leva la main – temps mort ! – et dirigea son attention sur la machine-oracle comme si elle allait lui donner les prédictions du prochain match des Yankees. Puis il demanda à Manu d'ouvrir la bouche et il fit glisser dans sa gorge une minuscule caméra accrochée à un fil. Une image très nette apparut sur le petit écran à ma gauche, qui faillit me faire éclater de rire : j'avais l'impression d'avoir en face de moi deux lèvres bien caractéristiques, de celles que je visitais souvent, il n'y a pas si longtemps encore.

Ces 'lèvres' s'ouvraient et se fermaient délicatement, ou plutôt vibraient, frémissaient en harmonie avec la respiration de Manu. Une légère nacre les recouvrait, qui achevait de rendre le tableau surréaliste.

« Tout me semble parfaitement en ordre, pas de nodule, pas d'irritation ... je connais des chanteuses qui aimeraient bien avoir vos cordes vocales, Madame ! »

Manu esquissa un petit rire nerveux. Tu parles qu'elle n'en avait rien à fiche de chanter ! C'est parler, qu'elle voulait, dire quelque chose sans cracher son petit déjeuner dans la foulée ! Une phrase, une petite phrase de rien du tout, pas avec des mots compliqués, non, mais avec ceux qu'il faut, dans l'ordre de préférence.

« Bien. Maintenant vous allez prononcer avec moi : En-trée. Allez-y : En...

– En...en...en...tr..tr..

– Bon, essayons un autre mot : Mai-son.

– M..m..m.. NOOONNAAArrrRRHHH !!!!!! »

L'espace d'une seconde je fus pétrifié. Puis, comme le hurlement virait au cri de désespoir, je retrouvai soudain l'usage de mes jambes et je m'enfuis brutalement de la pièce en me bouchant les oreilles, bousculant au passage une chaise qui abandonna la partie et se coucha sur le côté, KO au premier round. J'avais le cœur au bord des lèvres et je tremblais comme une vieille femme. J'entendais le Dr K. essayer de calmer la folle qui s'époumonait de l'autre côté de l'appartement, mais je refusais catégoriquement de retourner là-bas, tout mon corps le refusait, malade de ... de peur. Voilà, c'était dit. Mike Rossinter menaçait de chier dans son froc si ce hurlement inhumain continuait de lui perforer les tympans.

Puis la bête cria : « Miike !!!! » et soudain elle redevint Manu. Manu. Je l'avais laissée agoniser dans son coin, lâche que j'étais, parce que ses cris de souffrance avaient dérangé ma petite sensibilité. Je me précipitai dans la salle de torture du toubib et je dus prendre une profonde inspiration : Manu avait les yeux exorbités, les cheveux défaits et collés par la sueur sur son visage exsangue, les jointures de ses mains saillaient comme si elles allaient percer sa chair et un désespoir comme un puits sans fond jaillissait de ses pupilles dilatées. L'orthophoniste restait interdit, n'osant plus la toucher de peur de déclencher une nouvelle crise et son bras était suspendu en l'air, peut-être parce qu'il ne savait plus trop quoi en faire. Ce bras semblait accessoire, séparé du reste du corps, de la scène ; un réalisateur l'aurait enlevé et mis ailleurs.

J'expirai enfin lorsque Manu se jeta dans mes bras comme un boulet de canon et qu'au passage elle me heurta le plexus de plein fouet. J'eus la délicatesse de ne pas m'évanouir sous le choc et je la serrai tandis qu'elle se blottissait contre ma poitrine en pleurant. Monsieur Toubib bégayait à son tour, croyant nous soutenir : « Je ... suis .. désolé, ... d.. d.. désolé ». Son bras était retombé mais il paraissait toujours aussi déplacé. Cette image par la suite me hanta souvent et à chaque fois, j'essayais d'effacer de ma mémoire le côté droit de Mr K.

Je repoussai gentiment Manu afin d'aller chercher nos vestes et au moment où je tournai la tête vers Monsieur-n'a-rien-pu-faire-désolé, celui-ci fit un signe énergique de la tête avec la moue du

« Non non, vous ne me devez rien, je vous en prie, tout le déplaisir était pour moi ! » Je l'ai remercié par pure politesse et nous sommes sortis dans la rue, respirant un air salutairement frais.

Bon. Ça avait été un échec sur toute la ligne. Le problème grossissait à vue d'œil et rien jusque-là ne nous avait été du moindre secours. Manu me secoua :

« Je suis envoûtée, je te dis ! J-J-J'en suis sûre !
– Voyons, Manu ... » et j'arrêtai là ma phrase parce que soudain les mots s'étaient mélangés dans ma pensée et menaçaient de sortir comme un lâcher de Mikado sur un parquet ciré. A nouveau mon cœur se serra jusqu'à m'en faire hoqueter et je dus me mordre la langue pour retrouver un tant soit peu mon calme. Je ne m'étais pas rendu compte sur le moment que je serrais la main de Manu à lui en faire mal et ce n'est que lorsqu'elle cria que je revins sur terre.

« J-Je n'en peux plus. Dis ce que tu veux, n-n-ne me suis pas si tu veux, mais j'irai voir dem-m-main un exorciseur. Pas aujourd'hui, j'ai eu trop mal, demain. D-d-demain. »

Je ne pus rien répondre. Qu'est-ce que j'aurais eu à dire, d'ailleurs ?! Ça devenait tellement absurde que les idées les plus folles semblaient rationnelles. Mes idées à moi étaient toujours embrouillées et je me faisais l'effet d'un empoté qui sort sa première copine au Mac Do du coin.

J'en avais marre. Frank était un enfoiré et j'allais lui téléphoner dare dare en rentrant chez moi. Quand sa femme foire de la citrouille, on ne se casse pas à l'autre bout de la terre en la laissant à son pote ! C'était pire que la chtouille ce qui arrivait. Ça brûlait, ça grattait, ça vous rendait dingue et aucun médicament ne pouvait soigner ça. Et j'étais atteint.

***

Chapitre six

C'était la première fois que j'osais me l'avouer, de façon lucide, presque sereinement. La vérité a cela de terrifiant qu'elle vous prend toujours par surprise au moment où on sent qu'on va dérailler pour de bon. Elle s'installe bien confortablement en plein milieu de votre salon et vous ne pouvez plus l'éviter. Et là elle vous fait un petit signe de la main : « Viens donc t'asseoir à côté de moi ! Là, voilà. Tu veux un verre ? » et vous vous retrouvez tous les deux à papoter de la vie en général et du jour où vous auriez mieux fait de rester couché.

Donc j'étais 'contaminé', et j'allais devoir bon gré mal gré faire la route avec celle qui était devenue ma compagne de galère.

« M.. M.. Mike !

– Hein ? Quoi ? » Je devais avoir décroché depuis un bon moment, il me semblait que je zappais quelque chose.

« Mike, que re maison dame-tu loi ce boire ?

– Pardon ?!!?

– O mon Dieu, je deviens folle !!!!! »

C'en était trop. Je sortis de la voiture comme un dément en hurlant « Non, NOON !!!!! » et j'allai m'exploser les jointures des mains contre une porte cochère qui n'avait rien demandé à personne. J'entendais Manu qui sanglotait derrière moi mais je ne pouvais pas me retourner. Je suis resté là un moment, trop honteux pour revenir vers elle et trop en colère de mon impuissance. Puis, sans rien dire, je suis remonté dans la voiture, j'ai démarré en trombe et je l'ai emmenée chez moi. Elle pleurait encore lorsque j'ai ouvert ma porte, mais elle m'a suivi sagement, la tête baissée et les yeux bouffis. J'ai foncé vers le bar et nous ai servi un verre de whisky bien tassé à chacun. D'un accord tacite nous l'avons avalé cul sec et j'ai remis ça.

Après notre troisième whisky nous avions le regard un peu vitreux, mais de toutes façons nous nagions en plein irréel, ça ne faisait que compléter le tableau. Nous avons continué ainsi une bonne partie de la matinée, sans un mot, jusqu'à ce que nous nous écroulions sur mon lit, parfaitement cuités.

Nous avions dormi plus de quatre heures lorsque nous nous sommes réveillés, la bouche empâtée et la tronche des lendemains de fête, à ceci près que nous n'avions pas de bons souvenirs de la veille à repartager. Malgré mon état, je ne pouvais m'empêcher de regarder avec envie la femme de mon pote et ses cheveux blonds emmêlés sur l'oreiller ne faisaient rien pour arranger les choses. Je fis un gros effort pour me lever et aller prendre une douche. Sous le jet bienfaisant de l'eau presque froide, j'achevai de me dégriser. L'exorciseur s'imposait, il n'y avait plus aucun doute là-dessus. Mais... et après ? Si cela ne donnait rien, s'il s'avérait impuissant à guérir ce mal, que resterait-il comme solution ? L'asile ? Non, sûrement pas, on ne servirait que de cobayes pour leurs expériences 'intéressantes'.

On. Je venais de penser 'On'.

Je sortis en trombe de la salle de bain pour foncer sur ma poubelle. Est-ce que j'avais jeté des journaux gratuits récemment ? Je fouillai fébrilement et tombai sur un journal de quatre pages, gras et froissé. Je parcourus les petites annonces 'divers' et n'eus aucun mal à trouver ce que je cherchais : Mr Oumabah fit l'affaire. *Amour, travail, impuissance sexuelle, filtres en tout genre, ... désenvoûtements.* Voilà. Le commerce devait être lucratif puisqu'il avait à la fois les persécuteurs et les victimes comme clients. Facile. Et terriblement efficace. J'appelai. Le type acheva de me convaincre sur le bien-fondé de mon appel et m'enjoignit de venir le plus tôt possible, avec ma compagne. Me proposa même pour un euro de plus un filtre d'amour qui les ferait toutes tomber, il me l'assurait sur la tête de sa défunte mère. Prudent. Mais bon, nous avions rendez-vous le soir même à 21h30, à son domicile. Pas de chat à apporter, ni de coq, ni d'autres spécimens à plumes. Tant mieux. Au point où on en était, une cérémonie gore n'aurait fait qu'ajouter au traumatisme.

....

Je crois devoir là faire une pause dans mon récit, car c'est depuis ce fameux rendez-vous que tout a réellement basculé. Non que le bonhomme en question ait empiré notre état, mais les gens ont commencé à disparaître autour de nous à partir de ce moment.

Ce fut d'abord Carla, puis le voyant - que j'avais décidé de revoir - puis mon boulanger, puis le fameux Dr K., et ainsi de suite jusqu'à ce que toutes les personnes que nous avions côtoyées ces derniers jours s'évanouissent de la carte, comme si elles n'avaient jamais existé. Même Frank disparut. Ce fut ce qui précipita Manu dans l'horreur la plus totale. Puis elle accepta ce fait avec une fatalité morbide. Ce fut également le moment où je me mis à bégayer de plus en plus fréquemment pour en arriver aujourd'hui à avoir du mal à organiser les mots que je prononce, et parfois même ma pensée.

Voilà pourquoi il me faut écrire toute cette aventure de fou sur le papier. Je veux tout noter dans les moindres détails et une fois mon histoire terminée, je forcerai les portes de tous les hommes qui ont le Pouvoir avec eux jusqu'à ce que quelqu'un me prenne au sérieux. Comme de toutes façons je n'ai plus rien du tombeur, j'aurai au moins la satisfaction de ne pas faire sourire.

***

Chapitre sept

Pour la suite du cauchemar, je garde bizarrement peu de souvenirs de cette cérémonie d'exorcisme, si ce n'est que Manu crevait de trouille à un point qu'elle a bien failli me faire renoncer. Tout reste flou dans ma mémoire, les paroles que prononçait le vaudou (l'appelle-t-on encore comme ça lorsqu'il défait les sorts ?), le lieu, les objets, ... Non, tout ce qu'il me reste, c'est la mine blanche et défaite de Manu et la sueur moite qui avait envahi mon corps durant le rituel. Il me restait encore suffisamment d'ironie pour m'imaginer le racontant quelques jours, non, quelques années plus tard, au cercle d'amis que je m'étais fait grâce à mon argent, les faisant rire aux éclats à mes dépens.

Mais sont-ils encore là ?

Nous étions rentrés tard dans la nuit et n'avions aucune envie de la prolonger de nos explications foireuses, aussi avais-je raccompagné Manu chez elle et pris le chemin de retour du cow-boy fatigué, pour oublier toute cette journée dans le sommeil qui planait au-dessus de ma tête comme un énorme rocher en lévitation.

Je passai le plus clair de ma journée du dimanche (6 octobre) à essayer de joindre quelques potes avec lesquels je faisais de temps en temps la tournée des bars, mais aucun ne répondant présent, je dus me rabattre sur la télé, épiant malgré moi les défauts de prononciation des comédiens pour m'en moquer d'un rire bien sonore et rassurant.

Le soir, je voulus repasser par le parc, avec le faible espoir de rencontrer à nouveau l'espèce d'allumé qui s'était foutu de ma gueule. J'errai longtemps dans les allées, scrutant les bancs du plus loin que je pouvais voir, ce qui n'était pas évident avec le faible éclairage qu'offraient les réverbères.

J'étais en train d'observer un peu plus loin sur ma gauche une masse noire sur un des bancs les plus éloignés de la lumière, quand un rire de dément éclata dans le silence, me transformant instantanément en statue de viande froide sortie tout droit d'un congélo. Mon cœur menaça d'exploser dans ma poitrine comme un glaçon sous l'effet d'un marteau-piqueur et mes yeux faillirent sortir de leurs orbites. Il me fallut plusieurs secondes pour retrouver l'usage de mes jambes et lorsque enfin je pus à nouveau respirer librement, je me mis à courir vers la forme noire d'où j'étais persuadé que le rire avait retenti. J'étais à environ 50 mètres du ... bonhomme ? qui ne semblait pas bouger d'un pouce et j'avais cette impression désagréable que plus je me rapprochais, plus le banc s'éloignait. La sueur me dégoulinait du visage et mon souffle me rappelait cruellement que je n'avais pas mangé grand-chose ces derniers jours ; ma jauge était dans le rouge et réclamait du ravitaillement. Du 5 cm d'épaisseur, bien saignant.

Et soudain j'eus à nouveau un déraillement des neurones. Je m'arrêtai stupidement, ne sachant plus où j'allais ni pourquoi je courais. La panique que je ressentis ne fit qu'aggraver ma confusion et je vis le moment où je ne me rappellerais plus mon nom.

Afin de me rassurer sur ce point, je me répétai plusieurs fois les deux mots qui maintenant résumaient mon entière identité, jusqu'à ce que le doute ne soit plus permis. Puis je respirai profondément, calmement, les yeux fermés. Je n'avais pas besoin de faire le vide en moi, j'étais déjà creux comme une cale de poissonnier après son déchargement. L'odeur en moins peut-être. Tout d'abord ma tête ne fut qu'un fatras d'images et de mots sans suite, parfois avortés dans leur pensée, puis petit à petit le tourbillon se calma et mes idées devinrent à peu près claires. ... Le type sur le banc !

J'ouvris instantanément les yeux, le regard déjà pointé sur le fameux banc vers lequel je courais avant mon ... 'absence', mais il n'y avait plus rien là. Rien, que nib, le néant total. Mais qu'espérais-je ? Que l'ombre du type m'attende tranquillement le clope au bec pour me dire « Hé, mec, tu l'as loupé, il s'est cassé pendant que tu jouais la guerre des étoiles dans ta tête ! » ?

Je m'avançai néanmoins vers le banc, à la recherche d'indices qui auraient prouvé une fois pour toutes (pour toutes ?) que je n'étais pas fou. Je le scrutai ainsi un bon moment, minutes qui me parurent des heures, lorsque je trouvai enfin ce que je cherchais : un minuscule morceau de lin de couleur sombre (impossible de savoir laquelle dans cette obscurité), qui était resté accroché entre l'une des planches du dossier et la barre métallique verticale de gauche. Le tissu était rugueux mais de bonne qualité (du moins à ce que je pouvais en juger au toucher).

Qu'est-ce que cela prouvait ? Appartenait-il vraiment au cinglé qui avait décidé de faire de ma vie un enfer !? Et était-ce vraiment lui ? N'était-ce pas simplement un témoin sadique qui avait trouvé un moyen de voir gratuitement un film en 3D, là, au pas de sa porte ? Surtout que le feuilleton promettait d'être juteux et plein de rebondissements. Peut-être même espionnait-il toute ma vie ?!? La paranoïa commençait à me serrer la gorge de ses griffes mal aiguisées et je manquais d'air.

Je mis le morceau de tissu dans ma poche avant que le vertige ne me reprenne, et je rebroussai chemin, hésitant, de peur d'oublier mon adresse. Qui que puisse être mon bourreau, il devait être loin maintenant.

Désormais totalement épuisé, je me fis en rentrant couler un bain et partis à la recherche de quelque chose à me mettre sous la dent, retournant mes placards après avoir échoué auprès de mon frigo. Je ne trouvai que quelques biscuits apéritifs que je fis passer avec une lampée de bière, et mon estomac cria pouce.

Le cauchemar ne s'arrêta pas ce soir-là, pourtant, car pendant que j'essayais de me relaxer dans mon fauteuil multi positions, j'eus la surprise (la peur ?) extrêmement désagréable de me rendre compte que j'avais totalement oublié de fermer les robinets de ma baignoire. C'est l'eau qui rampait perfidement sur ma moquette qui se chargea de me rappeler ce détail. Je poussai un juron digne du Capitaine Haddock et me précipitai vers la salle de bain, quand je glissai sur le sol déjà détrempé. Je dus le sauvetage in extremis de mon postérieur au chambranle (drôle de nom quand on y pense..) que j'agrippai avec la force d'un Eric Escoffier et qui me dispensa d'une fêlure au coccyx. Je ne pus cependant éviter la douleur qui accompagna la torsion que je dus infliger à mon corps. Meurtris, je pataugeai jusqu'aux robinets de la baignoire que je fermai fébrilement.

Je me maudis jusqu'à la 7e génération d'avoir pu oublier quelque chose d'aussi élémentaire que de surveiller son bain lorsqu'on le fait couler. Je jetai sur le sol autant de serviettes que je pus trouver, puis me dirigeai vers la cuisine - avec prudence cette fois-ci - à la recherche d'une serpillière, quand je ne pus retenir un cri d'horreur et de terreur : mes meubles avaient changé de place !!!

Je criai deux fois de plus pour me persuader que je n'étais pas en train de rêver et franchement, ça aurait pu être comique. Sauf que la peur avait pris la place aux commandes alors qu'elle n'avait jamais passé son permis et elle m'envoya m'emplâtrer contre le mur le plus à ma droite ; têtue, elle continua malgré tout à passer la marche arrière et la Première vers le même mur, qui me prouva trois fois de plus que les passe-murailles ça n'existe que dans l'imagination de Bourvil. Je me faisais l'effet d'être prisonnier d'un rush en boucle et en accéléré.

Lorsque mon nez fut transformé en patate, je m'arrêtai enfin, à moitié saoul de la peur qui elle, continuait de me piquer de son dard empoisonné. Je risquai un nouveau coup d'œil vers mon salon : pas de doute, j'étais bien chez moi. Je reconnaissais les meubles, mais deux, non : trois d'entre eux n'étaient plus à leur place habituelle. Et parmi eux, le lourd vaisselier en chêne (que j'avais déniché dans la boutique d'un antiquaire deux ans auparavant), déplacé du mur du fond contre celui qui lui faisait angle.

Déplacé. Mais qu'est-ce que je racontais ?!? Je fonçai vers ma porte d'entrée : elle était fermée. Je l'ouvris à la volée, écarquillant les yeux pour scruter le couloir sombre, mais il n'y avait aucun signe de vie.

Mon cœur battait à nouveau à peu près normalement. Je refermai lentement la porte, persuadé que si je me retournais encore une fois, les meubles seraient à leur place d'origine. Mais non, ils avaient bien bougé, comme s'ils avaient décidé de me faire une bonne blague. Les anciennes marques étaient visibles sur le parquet. Dans l'état de confusion où j'étais j'essayais de me rappeler QUAND j'avais bien pu faire cela. J'étais resté environ 20 minutes dans la salle de bain et il ne me semblait pas avoir eu de moment d'absence pendant lequel j'aurais comme un zombie entrepris de redonner une certaine fraîcheur à mon appartement. ça n'avait pas de sens. Sauf que qu'est-ce qui avait un sens dans ma vie depuis quelques temps ? C'était le bordel total et je n'y comprenais rien du tout.

Peut-être pour me prouver que je n'étais pas encore tout à fait fou, je notai d'appeler un artisan dès le lendemain pour qu'il me change toute la combinaison de serrures de la porte d'entrée. Je ne poussai pas le vice jusqu'à vouloir un système d'alarme mais l'idée n'était pas loin.

Harassé, je m'écroulai dans mon lit, pour une nuit peuplée de cauchemars informes.

***

Chapitre huit

J'avais passé mon lundi matin à nettoyer ma salle de bain (la moquette était fichue, il allait falloir la remplacer) et à remettre mes meubles à leur place d'origine. Après ce travail qui m'avait laissé sur les rotules (j'avais déjà perdu beaucoup de forces), je m'étais décidé à appeler Carla : j'avais besoin de parler à une fille normale et si possible, de décharger ma tension avec elle au lit.

J'eus alors une illumination (enfin, je le pensais à l'époque) : c'était elle ! C'était elle qui avait changé mes meubles de place et je n'avais rien vu au départ en rentrant parce que j'avais été trop ébranlé par l'épisode du parc ! Je me souvenais lui avoir donné mes clés une fois ; il était fort possible qu'elle ne me les ait pas rendues. Elle avait dû vouloir ... vouloir ...

Non, Carla n'était pas si con. Et trop mondaine. Quel serait son intérêt ? Se venger ? Elle n'avait rien à voir avec le bégaiement de Manu ni le mien .... Alors pourquoi tout merdait depuis justement ce malheureux mot qui avait fourché ma langue ?!

C'était peut-être elle l'instigatrice de tout ce foutoir après tout, elle avait peut-être fait appel à je ne sais quel sorcier ou autre personne peu scrupuleuse - elle avait énormément de relations, ça collait très bien.

J'oubliais simplement à ce moment-là que ma mésaventure avec elle se plaçait, dans la chaîne des événements, APRÈS l'épisode du match de tennis avec Manuela. Mais mon subconscient avait trop besoin d'une explication rationnelle et j'ai avalé mon mensonge avec ma bénédiction. Raison de plus pour téléphoner à Carla.

Je composai le numéro de mémoire : occupé. J'ouvris néanmoins mon calepin et recomposai minutieusement le numéro en regardant chaque chiffre, un à un. La voix qui me répondit enfin me prit de court :

« Allô ! qui est à l'appareil ? ...Aallôô ! .... Si vous ne répondez pas, sale pervers, je raccroche !

– A... Allô ? Bonjour. J...Je voudrais Carla, s'il vous plaît. Pouvez-vous me la passer ?

– Qui ça ? »

Cette fois-ci la moutarde me monta au nez : « Carla. Passez-la moi très vite, c'est urgent !

– Je crois que vous vous êtes trompé de numéro, Monsieur, il n'y a pas de Carla ici … mais il y a un gros chien très méchant ! » Elle avait rajouté ça comme si j'allais m'attaquer à sa vertu.

« Je ne suis pas au … ? » et j'épelai consciencieusement les chiffres du numéro de téléphone, persuadé que la fille allait infirmer ce numéro.

« Oui, c'est bien mon numéro et donc non, ce n'est pas celui de votre Carla. Donc, au r…

– Attendez, attendez ! Quelle est votre adresse ? Ça ne peut pas être le 48 rue Molliard ??!!

– S… Je vais appeler la police, je vous préviens, espèce de salaud pervers libidineux psychopathe ! J..Je.. je vais lâcher mon chien ! J… ! »

Je raccrochai. Une hystérique hurlant dans mes oreilles était la dernière chose que je souhaitais entendre. Il fallait pourtant que je découvre la vérité ; elle avait certainement menti, Carla ne pouvait pas s'évanouir comme ça. Même quand elle partait sur le yacht d'un quelconque milliardaire pendant deux mois, elle laissait toujours un garde-chiourme chargé d'entretenir l'appartement et de noter les noms et numéros de téléphone de ses amis de la Jet 7, dans l'expectative d'une prochaine sortie ou d'un prochain voyage.

Ses amis. Autrefois c'était également les miens. Mais personne ne m'appelait plus depuis …

Soudain j'eus l'illumination : le Club ! Même s'ils m'avaient foutu dehors, ils pouvaient quand même me dire si Carla était passée dernièrement.

Je crûs reconnaître la même voix de pingouin au téléphone. J'eus beau chercher, je ne parvenais pas à me souvenir de son nom. Peut-être que je ne l'avais jamais su d'ailleurs. Tant pis, je m'en passerais.

Je pris ma voix d'homme d'affaires :

« Bonjour. Je voudrais savoir si Madame Carla Rigetti est passée au Club ces derniers jours ».

– Bonjour, Monsieur. Je suis désolé, nous ne recevons aucune Madame Carla Rigetti au Club.

– Ah bon ? Vous lui refusez l'accès, à elle aussi ?

– Excusez-moi, Monsieur, je me suis peut-être mal exprimé : nous ne connaissons pas Madame Carla Rigetti.

– M.. Mais ?!? Mais vous vous fichez de ma gueule, c'est pas possible ! Carla Rigetti ! Une grande brune, super canon …

– Je ne doute pas que cette dame puisse avoir les attraits que vous mentionnez, mais nous n'avons jamais entendu parler d'elle et nous connaissons tous les adhérents de ce Club. »

Je faillis lui répondre : « Et moi, connard, tu me connais !!? » mais j'eus vite fait de ravaler mes mots. Je rouvris cependant la bouche pour insister, raviver sa mémoire, mais il me devança avec un « Bonne journée, Monsieur, au revoir, Monsieur » et il me raccrocha au nez.

Furieux d'avoir été envoyé balader de cette façon, je décidai d'aller vérifier par moi-même la soi-disant absence de Carla en me pointant directement à son appartement.

J'eus la chance d'arriver sur son palier du 8e étage au moment où la fille qui semblait décidément investir les lieux - et qui m'avait hurlé dessus au téléphone j'en mettais ma main à couper - ouvrait cette porte à laquelle j'avais sonné tant de fois ces dernières années.

Je ne lui donnai pas le temps de respirer et la poussai à l'intérieur, claquant la porte derrière nous. Je dus le prodige qu'elle ne hurla pas à la belle gueule que j'avais encore (mais plus pour longtemps) et aux restants de muscles qui saillaient de mes bras tandis que je l'agrippai pour lui faire traverser le salon.

Je marmonnai un « Scusez-moi » alors qu'elle tombait de tout son poids sur un sofa qui avait eu la bonne idée de se trouver pile au bon endroit. Je traversai l'appartement, j'ouvris les portes de placards à la volée ... que je ne reconnus pas.

Décontenancé, je me dirigeai vers la salle de bain (ah ! je savais où elle était, la salle de bain !). J'étudiai avec soin tout le fatras de maquillage et autre que je trouvai sur les différentes étagères, mais rien ne me rappela la présence de Carla. Je ne connaissais pas toute sa vie, mais je savais reconnaître des choses essentielles, comme sa marque et sa couleur de rouge à lèvres préférées, le nom de son parfum, ... Et là, rien. Tout m'était étranger.

La minette pointa son nez dans l'encadrement de la porte :
« Alors ? »

Elle m'avait dit ça comme si elle s'adressait au dératiseur qu'elle avait appelé et à qui elle demandait un état des lieux. M'est avis qu'elle savait que j'étais le pervers du téléphone, mais elle n'avait pas l'air d'avoir peur. Je devais lui faire pitié.

« Où est le chien ? », répondis-je.

A question con, question con.

Elle me montra d'un air contrit un aquarium où deux poissons jouaient au chat et à la souris (un jeu féroce, je pouvais le lui concéder). Devant sa tête coupable, je perdis toute brusquerie.

« Carla ? »

La série 'Questions à 100 balles' continuait.

– Je ne sais pas qui c'est. J'habite ici depuis trois ans et à moins d'avoir été trop beurrée pour m'en souvenir, je n'ai jamais eu de Carla dans mes copines.

– Mais arrêtez, là ! Qu'est-ce que c'est que ce plan ?! Vous avez concocté cette arnaque ensemble, hein ? C'est ça ?! Ou alors elle vous a payé. Combien ? »

La fille resta coite. Puis elle alla chercher un verre du premier alcool qu'elle trouva dans le bar, fit un pas, se ravisa et remplit un deuxième verre qu'elle me tendit. Nous avalâmes notre poison en silence, en nous regardant dans les yeux.

Puis elle me dit : « Votre thérapeute n'est pas génial, hein !? Le mien est un peu à la rue aussi, mais sympa. Si vous voulez, je peux vous donner son adresse. Ne dites pas que vous venez de ma part, sinon il ne vous accepterait pas … Suis-je bête ! Vous ne me connaissez même pas ! Je m'appelle Marie. Liston. Marie Liston. »

Et la voilà qui me la jouait Bond. James Bond. James Bond sur un canapé de psy-attrape-moi-si-tu-peux, à raison de 80 Euros la séance, deux fois par semaine. Y a pas à dire, j'étais cuit. J'ouvris la bouche, pris une profonde inspiration … et je relâchai tout, comme chez le toubib lorsqu'il veut vérifier que vous faites bien un jogging de 10 km tous les jours.

Que me restait-il à dire, d'ailleurs ? Bonjour, moi c'est Mike, Mike-le-psycho, Mike-qui-était-sûr-qu'il-connaissait-une-Carla-qui-habitait-là-mais-en-fait-non ? Mike-qui-a-une-amie-qui-bégaye-et-qui-perd-la-tête ? Mike-qui-a-ses-idées-qui-jouent-au-yoyo-de-plus-en-plus-souvent ? Je perdais pied. Et ce dans quoi je m'enfonçais ressemblait à s'y méprendre à un énorme tas de merde fumante. Un psy … au point où j'en étais, je me devais bien d'essayer cela aussi. J'étais bien allé voir un vaudou !

Je demandai en soupirant les coordonnées de ce psy 'à la rue' que la fille, pardon : Marie, Liston Marie, s'empressa de me donner en sautant partout comme une gamine à qui on a promis d'aller voir les 101 Damaltiens. Puis je pris congé.

J'avais décidé de repasser voir le voyant aux Lucky Strike, Mr Sabbhah, car j'avais comme dans l'idée qu'il en savait plus que ce qu'il nous avait dit. En arrivant devant l'adresse, je me sentis une fois de plus stupide - ça commençait à m'énerver, ce genre de choses m'arrivait un peu trop souvent depuis quelques jours - et je faillis m'étrangler avec le sandwich que je mâchonnais consciencieusement. Il n'y avait plus de plaque sur le mur. Et plus de porte. Bon dieu, à la place de la porte que nous avions franchie il y a seulement cinq jours, il y avait des briques qui condamnaient l'ouverture ! Et des toiles d'araignées, des saletés, des graffitis, du salpêtre, bref tout pour vous empêcher de penser que l'ouvrage était récent. Je me dis pourtant que j'avais dû me tromper d'adresse et je fis trois fois le tour du pâté de maisons avant de me rendre à l'évidence. Je vérifiai : il n'y avait même pas la trace des clous qui avaient servi pour la plaque.

Je me suis attrapé la tête à deux mains, peut-être pour qu'elle ne s'envole pas, et j'ai respiré très fort. Je ne pouvais pas en parler à Manu, elle en perdrait complètement la boule. Le fou du parc, Carla, maintenant le voyant. Je n'osais pas pousser plus loin mon pressentiment.

Je rentrai penaud, essayant de reconstituer le puzzle de ma vie de cette dernière semaine mais n'y arrivant foutrement pas, et je me vautrai devant la télé, bien décidé à ne plus rien faire de la journée.

Le lendemain, mardi 8 octobre, j'appelai finalement le serrurier et je pris rendez-vous pour le mercredi. Une bonne chose de faite, au moins. Bon. Une lessive s'imposait maintenant que Rose m'avait quitté (pour une meilleure place ? j'en doutais) et que le panier à linge débordait.

***

Chapitre neuf

En fouillant dans les poches de mon jean, je retrouvai le papier sur lequel étaient griffonnés les nom et adresse du psy de ma nouvelle copine Marie. Après tout, pourquoi pas ?

J'obtins un rendez-vous chez l'Eééminent Spéaiaiicialiste pour le jour même, profitant d'un rendez-vous annulé à la dernière minute (un suicide ?).

L'estomac vide depuis le petit déjeuner, je m'arrêtai une petite demi-heure dans un café bondé (mais pourquoi donc tous les touristes se mettent à table à 15h ?!!), je commandai le plat du jour et me mis à rêvasser devant mon assiette à ce que je pourrais bien dire au cornichon qui m'écouterait tout à l'heure pendant que je testerai le moelleux de son canapé (pardon : divan).

N'ayant pas trouvé de réponse, je me dirigeai à l'heure dite vers le lieu de mon rendez-vous.

Et s'il me décrétait fou et appelait des infirmiers en appuyant sur un petit bouton rouge, savamment caché sous son bureau, pendant que je me cache la figure dans mes mains ? Je serais rhabillé de pied en cap par le grand couturier HP et expédié dans une gentille maison pleine de gens, qui s'adresseraient à moi comme si j'étais persona grata et qui veilleraient principalement à mon sommeil, en bordant bien gentiment mon lit de façon à ce que je ne tombe pas. J'en avais des frissons dans le dos.

J'arrivai devant la plaque de son cabinet. Dr Milaunet, psychothérapeute, es. blabli, es. blabla.

J'entrai dans la salle d'attente dudit cabinet : sobre, feutré, couleurs claires et neutres, fond de musique classique, quelques bibelots détonnant avec l'endroit aseptisé, probablement dus à de soudaines crises de folie (d'identité ?) de leur propriétaire. Un fatras de chaises de différentes hauteurs et de fauteuils avec et sans bras, ajout stupide puisque tout le monde sait qu'*on ne va pas en famille à un rendez-vous de psy* (ma copine ouistiti m'avait indiqué que celui-là ne proposait que des séances individuelles). Et tout en sachant que deux patients ont peu de chance de se croiser, sauf pour le cas sadique où des copains accompagneraient le malheureux afin de cueillir son regard désespéré au sortir de sa séance. Je pris donc au hasard un fauteuil à accoudoirs et m'installai confortablement.

16h. 16h05. 16h10. Un peu à la bourre, le docteur ! Je me risquai à frapper à la porte, on ne sait jamais, il s'était peut-être endormi. Un des battants noirs s'ouvrit sur un type style la quarantaine, étonnamment sportif pour quelqu'un qui passe ses journées derrière un bureau. Il me tendit la main avec un grand sourire et s'exclama :

« Je me demandais quand vous vous décideriez ! »

Bon. Ça commençait bien. Je ne le connaissais même pas qu'il essayait déjà de me tester.

Je marmonnai un « ... Mike Rossinter » (au cas où il ne sache pas avec précision qui il rencontrait ...) et entrai dans une pièce hétéroclite, chargée de mille objets allant des trois petits singes aux poupées Barbie (je ne voyais pas Ken), avec des coussins un peu partout, un divan (Ikoma, bien-sûr) couleur crème, un miroir, des presse-papiers à profusion sur le bureau (sûr, il en faisait la collection ! à moins que ce soit le cadeau de dizaines de patients reconnaissants n'ayant pas plus d'imagination qu'un ... groupe de patients reconnaissants) et tout un tas de bricoles probablement là pour créer des associations.

Je m'assis sur le divan et j'attendis. Il en fit de même. Nous restâmes ainsi bien 10 minutes à nous regarder, puis je hasardai un « Ça va ? », comme ça, juste histoire de lancer la conversation. Poliment il me répondit « Et vous ? », ce à quoi je renvoyai la balle avec un « Pas trop mal, doc ».

On aurait pu continuer longtemps comme ça nos civilités, mais voilà, j'étais quand même là dans un but précis et je me serais traité de tous les noms si j'étais ressorti sans lui avoir parlé de « Ze Problem ».

Je décidai de me lancer après une profonde inspiration :

« Mro zgna prut si long zuta ve ! » ...

Je fermai lentement les yeux, non sans avoir remarqué la seconde d'avant que mon toubib, faillissant à toutes les règles de la profession, avait tressailli. *Il a bougé, je l'ai vu !!! Il – a – bou – gé !*

J'attendis que mes pensées veuillent bien se mettre en rang et attendent sagement le son de la cloche pour s'exprimer, puis je me décidai à rouvrir les yeux. Mon éminent ami noircissait furieusement les pages de son cahier (avais-je précisé qu'il avait un cahier rouge épais comme un pavé de rumsteck ?), les sourcils froncés et les joues creuses. Sentant mon regard sur lui, il leva la tête et son visage redevint instantanément lisse et serein, comme il se doit. N'osant ouvrir la bouche, il me fit un signe encourageant de la tête pour m'inviter à reprendre mon discours philosophique là où je l'avais arrêté. J'ouvris la mienne, risquai deux mots (« Bien ... bon ») et voyant que j'étais à nouveau capable de parler, je lui racontai mon histoire, lentement, jusqu'à la fin. Il ne tenta pas de m'interrompre (je devinais sa peur) et resta un moment coi après que j'eusse cessé de parler. J'étais impatient : « Alors ? » (Il y avait comme un air de 'déjà entendu' ...).

On aurait dit que je représentais le plus gros cas de sa carrière. A côté, la paranoïa de Marie, c'était de la gnognotte, tout juste bon pour les étudiants en psychologie de première année, et encore !

Sa réponse me fit frémir : « Quand vous êtes-vous rasé pour la dernière fois ? »

Devant mon air stupide, il me fit la grâce d'ajouter en souriant :

« C'était juste pour voir si vous étiez encore avec moi. Votre cas m'intéresse fortement, ce n'est pas banal d'avoir autant d'incidents à la fois dans sa vie ! Reprenons au tout début : étiez-vous un enfant qu'on oublie facilement ? »

Aïe aïe aïe. Ce que je craignais par-dessus tout pointait le bout de son nez. Si je restais là une heure, j'en prenais pour 10 ans. Non que ma vie ait été chargée d'émotions douloureuses, loin de là : j'eus la vie la plus heureuse et la plus oisive qui soit, chéri de mes feux parents et grands-parents, fils unique, descendant d'une famille pauvre en enfants et dont je sentais que j'allais mettre un terme à la lignée, tout célibataire que j'étais. Donc R.A.S. Mais ce genre de disséqueurs de cerveaux trouve toujours une vis branlante ... ou à défaut, ils la dévissent. Et je n'avais pas envie que celui-là touche à mes boulons.

« Et si nous en venions au véritable début de CE problème, c'est-à-dire Manuela ?
— Oui oui, votre amie aussi aura besoin de venir me voir, mais pour l'instant, c'est vous qui êtes là,

vous êtes venu parce que vous avez besoin d'aide et je ferai mon possible pour vous l'apporter, et ....

– Je vous demande juste une recette de cuisine, pas un discours de politicien ! Je n'ai aucun problème psychologique, je suis bien dans ma peau, je n'ai jamais eu d'émotions fortes et douloureuses dans ma vie en dehors de ces derniers jours, et jl'rae rgichi lisschrazie !!!!

– Bien bien bien, je vois qu'à chaque fois que vous êtes ému, vous commencez à bafouiller. Peut-être étiez-vous froid dans le passé, sans émotion, sans sentiment, et puis soudain cette femme – avez-vous couché avec elle ? – réveille en vous quelque chose d'enfoui depuis longtemps ... »

Je me suis levé, j'ai pris ma veste et je suis sorti, le laissant la bouche ouverte et l'œil vague, avec un peu de bave aux commissures. Son discours n'était pas crétin dans l'absolu, mais mon instinct me disait que ce n'était pas chez lui que je trouverais réponse à mes questions et encore moins la guérison de ce mal qui me rongeait de plus en plus. Et puis il n'avait pas eu en face de lui l'illuminé du parc et ça, ça n'avait rien à voir avec ma libido !

Je suis rentré chez moi goûter le calme illusoire de mon appartement. Reste de la soirée sans commentaire.

***

Chapitre dix

Mercredi 9 octobre : journée 'glandage' jusqu'à la fin de l'après-midi. Le serrurier était passé et m'avait installé le dernier modèle en terme de système de fermeture inviolable.

Bien. Je me devais maintenant d'aller voir Manuela. Je l'avais laissée seule durant quatre jours et elle devait déguster autant que moi, sinon plus. Avoir Frank au téléphone ne serait peut-être pas une mauvaise idée non plus. J'avais des oreilles à chauffer et les siennes allaient crier grâce avant longtemps.

Je n'avais pas pris la peine d'appeler avant de passer : j'étais sûre que Manu s'était tout fait livrer afin de pouvoir rester chez elle et ne plus affronter les regards étonnés, agacés ou encore pire : pleins de compassion des gens. Elle avait sacrément changé en quelques jours. Mais quoi, qui pourrait rester normal après une calamité de ce genre ?

Elle m'ouvrit la porte, en larmes, se jeta dans mes bras, et je maudis une fois de plus Frank de l'avoir trouvée avant moi.

Je me dirigeai tant bien que mal vers le salon, refermant la porte d'entrée avec mon pied - elle toujours accrochée à mon torse - et je nous projetai tous les deux sur le divan (décidément, tout me pousse vers eux), qui poussa un soupir voluptueux. Elle essayait de me dire quelque chose, mais son bégaiement empêchait tout mot intelligible de sortir et je ne pouvais qu'attendre patiemment qu'elle veuille bien se calmer. Patiemment c'est un bien grand mot, car j'étais plutôt tendu depuis ma visite chez le shampouineur de cerveaux, et le film que je m'étais fait au sujet de Frank ne m'avait pas calmé, loin de là.

Aussi, lorsque ce fut mon tour de parler (Manu avait épuisé ses réserves), ce fut également le moment que je choisis pour postillonner un splendide « Quezss.. csqu'hil..bazz » qui eut l'insigne honneur d'engendrer un calme instantané dans la pièce.

« M.. mais ... M.. Mike, tu bégayes aussi !!! »

En partie parce que je manquais de sommeil et surtout parce que mes nerfs étaient mis à rude épreuve depuis quelques temps, je choisis - au lieu de rétorquer une savante répartie - de me lever et de commencer à briser tous les objets qui se trouvaient à portée de mes mains. Comme ça, consciencieusement, pendant que Manu me regardait la bouche grande ouverte et les yeux arrondis. J'étais en train de casser ses bibelots, merde !

Mais pendant que je prenais conscience de cela, elle se leva à son tour, d'abord hésitante, alla chercher à un mètre de là un vase en terre cuite que je n'avais pas encore repéré, le regarda attentivement quelques secondes puis le balança avec force par terre où il se brisa en 18 morceaux. Je le sais car elle se mit mécaniquement à les compter à voix haute. Puis elle saisit une lampe qui alla aussitôt rejoindre l'armée de débris qui commençaient à joncher le sol.

Puisque j'avais la permission de la maîtresse des lieux, et même son approbation, je redevins demolition-man, déchargeant ainsi toute l'électricité que j'avais accumulée depuis longtemps.

Nous ne fûmes satisfaits que lorsqu'il ne resta plus un bibelot vivant, plus un seul livre debout, et que la table basse eût rendu l'âme dans un dernier craquement.

La demi-heure suivante fut consacrée au nettoyage, parce que bon, il ne fallait pas déconner quand même. Quand tout eut repris un semblant d'ordre, nous nous affalâmes sur le divan, nous regardâmes un moment, puis je commençai :

« P...p.. pourquoi n'ap..ppelles-tu pas Frank encore une fois ? ... La dernière fois, il n'a pas compris, m..m..mais là, il ne peut plus jouer les crétins !! ... P..pardon, je ne voulais pas dire ça.

— Bof, tu as raison, c..c..c'est un crétin. Je vais l'appeler, mais p..pas avant cinq bonnes heures, parce qu'avec le d..décalage horaire je risquerais de le rév..veiller en pleine nuit, et ça, il n'aimerait p..p..pas du tout, et cela ne ferait pas nos aff..affaires.

— OK. Je rentre chez moi. ... Désolé pour la c..casse.

— Ça m'a bien défoulée moi aussi. Ne t'en fais pas.

— Tu m'appelles dès que tu as eu Frank, d'accord ?

— P..p..promis.

Sur le chemin du retour, une petite faim avait pointé son nez et m'avait taraudé, au point où je fis un détour pour aller acheter chez mon boulanger de quoi calmer mon estomac. Il était quand même 18 heures 30 et je n'avais rien mangé depuis un bon moment.

En arrivant devant ... - je dus inspirer fortement pour ne pas céder à la panique – devant ce qui aurait DU être ma boulangerie, 13 rue de la Pomme d'Aspic, merde, une adresse comme ça, ça ne s'oublie pas !, je ne trouvai qu'une boutique poussiéreuse avec un panneau '*à vendre*' sur la devanture. Je ne reconnaissais même pas le bleu azur des encadrements de vitrine, rien à l'intérieur qui laissa soupçonner un instant qu'il y avait eu un jour une boulangerie ici. Mes jambes tremblaient tandis que je mettais le frein à mains et mon estomac protesta vigoureusement en dansant la gigue dans mon ventre. J'aurais déjà eu mangé que j'aurais tout vomi.

Les gens passaient devant la feu boulangerie comme si tout était normal ; j'avais envie de leur hurler « Mais bon dieu, hier vous achetiez vos croissants là, ça ne vous fait rien ?! Ça ne vous paraît pas dingue ?! », mais j'étais trop abattu pour sortir de ma voiture.

Je suis resté là une bonne heure, puis je suis rentré chez moi. Je me suis fait cuire des pâtes - repas de prédilection du célibataire quand il a oublié de faire les courses - et j'ai mangé devant la télé (« Qui veut toucher des pépètes !?! »), comme un zombie.

La sonnerie du téléphone me fit faire un bond de 20 cm. Je restai hébété quelques secondes puis je regardai le réveil : minuit dix. J'avais dormi trois heures.

Le téléphone continuait de protester vigoureusement, insistant pour que je décroche et je dus quitter avec peine mon canapé douillet pour y répondre. Une voix stridente me perça les tympans :

« MIIKKKE !!!!! Il a disparu ! Parti, ... personne, ... pour, ... par... » Je me demandai avec curiosité si cette voix était abonnée aux P lorsque je reconnus Manuela.

« Manu, c'est toi ? - Encore du déjà-vu, ou plutôt du déjà-vécu ...

– M..M..Mike ... Il ... il ... il ... on ne le connaît pas, .. jamais venu ... J...J...

– Hé hoo ! Manuela ! C-calme-toi, je ne comprends strict-tttement rien à ce que tu dis !

Respire un bb-bon coup et fais-moi une phrase entière. Qu'est-ce qui se passe ?

– Il … il … J'ai téléphoné à l'hôt...el où il était, à Shanghai cette fois-ci, le Grand Hyatt, c..c'est le nom qu'il m'avait do..donné la dernière fois, et là personne ne..ne le connaissait ! Jamais venu ! J'ai alors appelé l'hôtel précédent à Hong Kong, celui dans lequel il était trois jours plus tôt, et ils m'ont dit qu'ils ne l'avaient pas revu depuis son départ le 7 octobre ! »

Je ne devais pas être bien réveillé pour sortir la connerie auquel je m'essayai :

« Qui, il ? »

« Mais FRAANKK ! Merde, mais qu'est-ce qui se passe, b..b..bordel ?!!! Est-ce que tu éc...coutes seulement ce que je te dis ?!!! »

J'avais salement intérêt à être toute ouïe si je ne voulais pas me faire étrangler par ligne interposée ! Je ne savais pas qu'elle pouvait être grossière comme ça ; décidément j'en découvrais tous les jours. Enfin pour l'instant il fallait surtout que je calme son hystérie :

« Peux-tu pr...prendre un taxi et passer me v..voir ? Je ne te promets pas que tu pourras tout cass..sser chez moi, mais on pourra dénouer ça ensemble.

– D'accord, j'arrive. Prépare-moi un thé b..bien fort. »

Je me suis dit sacrée Manu ! Si elle ne fait pas attention, elle tombera vite dans les excès !

Elle arriva 20 minutes plus tard, le visage bouffi et les yeux injectés de sang à force d'avoir pleuré. Je la débarrassai de son manteau. Elle portait une robe de satin noir à manches courtes et au grand décolleté, comme si elle sortait d'un film de Hitchcock. Je lui tendis une tasse fumante de thé rouge, que je savais être déthéiné. Elle but longuement et sembla s'apaiser un peu. Elle me raconta son histoire une deuxième fois, non sans manifester curieusement de fréquents trous de mémoire que je comblai comme je pouvais. Nous appelâmes à nouveau les deux hôtels, mais sans plus de succès.

Elle baissa la tête de lassitude, puis se leva lentement, traversa la pièce et alla s'appuyer contre le mur d'en face. Elle ferma les yeux et prit une grande inspiration, cherchant dans le halo de lumière de mon lustre une inspiration divine, qu'il se garda bien de lui donner. La rue qui se reflétait dans mes fenêtres ouvertes rebondissait sur le mur laqué à sa gauche et la traversait comme une salve de mitraillette. La partie éclairée de son corps était comme façonnée dans la cire. Je repensai au bras du Dr K.

« Et le portable ? » (Je ne retranscrirai plus à partir d'ici les bégaiements, mais nous faisions un concours)

— Il est en dérangement. Pire : le message dit que ce numéro n'est pas attribué.

— As-tu appelé l'opérateur avec son numéro de contrat ?

— Oui, bien sûr. Ils ne comprennent pas : le numéro est bien en service, l'abonnement est payé, il n'y a aucune raison pour que ce message existe, mais ils ne savent pas comment rétablir la connexion. Je te dis, Mike, je n'en peux plus. Je n'en peux plus de cette histoire de fous ; mais où est-il, Mike ?! Où est-il ?

— Je n'en sais rien, Manu, je ne comprends pas plus que toi. Si je te disais... »

Je me demandais si je devais lui parler de ces adresses qui disparaissaient, de ces endroits où nous étions allés et qui ne faisaient plus partie maintenant que de nos souvenirs.

« Si tu me disais quoi ?

– Non, rien, je rêve tout haut. Tu veux aller là-bas, à Shanghai, essayer de retrouver Frank ?

– Oui, je crois que je vais le faire. De toutes façons, c'est ça ou devenir folle. Au moins, sur place, je me sentirai plus proche de lui, plus à même de savoir où et dans quoi il sera allé se fourrer. Viendras-tu avec moi ?

– Non. Il faut que je reste ici et que j'essaye de trouver pourquoi tout cloche. Les problèmes ont commencé ici, alors c'est ici que se trouve la cause (je ne lui dis pas cependant que je comptais revoir l'orthophoniste, et peut-être même aller chez les flics pour leur parler de ces disparitions débiles).

– OK. Alors il faut que je rentre chez moi préparer ma valise et réserver mes places. Ça ira, toi ? Tu as maigri.

– Ne t'inquiète pas, je me nourris suffisamment, si c'est ce à quoi tu penses. Restons en contact. Je t'informerai de tout ce que je trouve et tu me tiendras au courant de l'évolution de ton enquête au fur et à mesure. Je sais bien que ça risque de ne pas être facile avec ce bégaiement qu'on se traîne tous les deux, mais on n'a pas le choix, n'est-ce pas ?

– Oui, tu as raison, pas le choix. ... J'ai peur, Mike. »

J'aurais bien voulu lui dire que moi aussi, je faisais dans mon froc, mais j'étais le mâle et j'étais donc censé protéger et rassurer le sexe faible. Encore que personne ne s'y trompe : les femmes ont de ces ressources !

« Cool, Manu (Cool, Manu ! Ce que je pouvais être con par moments), tout va bien se passer et tu vas le retrouver avant même que j'aie eu le temps de changer de tee-shirt. Enfin, façon de parler.

– Ouais, Mike, arrête ton assurance à deux balles, je crois que tu es aussi perdu que moi. C'est gentil quand même. »

Quand je vous le disais !
Manu enfila son manteau et partit dans la nuit. Elle prit l'avion le jour même à 17h43, et je n'eus plus jamais de ses nouvelles.

C'est à ce moment-là que l'idée de tout coucher sur le papier commença à germer dans mon esprit. Il fallait que quelqu'un sache et le meilleur moyen de tout retenir, maintenant que ma mémoire s'affaiblissait, était encore de l'écrire.

***

Chapitre onze

Plusieurs jours sont passés. J'étais retourné à l'adresse du Dr K. et comme je m'y étais attendu, j'avais trouvé à la place un couple de retraités, tout vieux tout gentils, qui bien sûr habitaient le même endroit depuis 25 ans, tout le monde dans le quartier pouvait le confirmer.

Environs du 14_octobre : j'ai commencé à avoir du mal à regrouper mes pensées à partir de là : tendance à mélanger les moments ; je me suis dit que si j'attendais trop, j'aurais du mal à raconter quelque chose de crédible aux flics.

Après l'épisode « *Le Dr K. n'habite pas à l'adresse indiquée* », je n'avais pas osé rappeler mon ami toubib. J'avais trop peur d'entendre à nouveau la terrible phrase « Qui ça ?! Vous ne vous êtes pas trompé d'adresse ? »

J'avais bel et bien maigri et cela n'arrangeait pas l'état de mes neurones ; j'étais fatigué et surtout je bégayais de plus en plus.

J'avais bien essayé de retrouver dans ma poubelle l'annonce de l'exorciseur, mais sans succès. Il y avait des immondices datant de plus d'une semaine, mais aucune trace du journal en question. Quant à l'adresse, je l'avais oubliée depuis longtemps.

La première fois que j'avais appelé Manuela sur son portable, pour savoir si par hasard elle n'avait pas les coordonnées sur elle, j'étais tombé sur sa messagerie. Je lui avais demandé de me rappeler. A ce moment-là, je ne pensais pas que je n'aurais plus jamais l'occasion d'entendre sa voix.

Jeudi 17 octobre : pour aller au poste de police ce jour-là, j'avais choisi un t-shirt bleu-de-Chine (j'avais plutôt intérêt à rehausser la couleur de mon teint, qui virait maintenant au gris-caniveau) et un jean noir. Mocassins. Ça faisait plus sérieux. J'en avais profité pour vérifier si toutes mes contraventions étaient payées (elles l'étaient), puis j'avais pris le fameux bout de tissu du dingos du parc et j'étais parti pour ce que j'espérais ne pas être mon arrêt de mort. Ça pouvait paraître idiot, mais le fameux adage « si tu ne sais pas pourquoi tu viens, eux le savent » prenait dans ce genre de lieu toute sa signification.

Lorsque je passai la porte du commissariat, j'eus l'impression de me retrouver dans un vieux film en noir et blanc tellement tout me paraissait archaïque. Pourtant tous les bureaux étaient équipés en ordinateurs et en téléphones dernier cri, mais il y avait un je-ne-sais-quoi de complètement décalé qui planait dans cet endroit. Les machines n'avaient pas donné la solution à la délinquance qui - étant donné le nombre de personnes que je voyais là - semblait se propager comme la gangrène.

Je repérai un bureau vide de visiteurs et allai m'asseoir en face d'un policier que je jugeais avoir mon âge, brun, un peu dégarni, penché sur un dossier défraîchi. Et j'attendis.

Il leva des yeux ahuris vers moi, ouvrit la bouche et bafouilla :

« M..mais qu'est-ce que vous faites là, à mon bureau ?! Êtes-vous passé à l'accueil ? Qui vous a dit de venir ici ? Et d'ailleurs quel est votre nom ? »

Il ne fallait pas se demander pourquoi quiconque devient psychotique en entrant chez eux, même pour demander son chemin.

Je bafouillai – moi aussi - des excuses, excepté que ce n'était pas de surprise mais bien parce que c'était devenu mon langage de prédilection.

......
Je ...

J'allai ... me lever pour repasser par la case départ, quand mon policeman se dit que ce serait peut-être marrant d'écouter ce que j'avais à dire.

« Restez assis et racontez-moi ce qui vous amène chez nous ! »
Bien, Chef. Tout de suite, Chef.

Je lui parlai de Manu, du fou du parc, de la prédiction du voyant hippie, de la maladie qui me rongeait, du toubib, ..., tandis qu'il tapait furieusement sur son clavier d'ordinateur, essayant de me suivre dans le labyrinthe de mes pensées. Je passai néanmoins sous silence la virée chez l'exorciseur et les adresses qui disparaissaient : je ne voulais pas passer pour plus fou que je n'étais.

Mon auditeur assermenté se grattait la tête, visiblement très ennuyé de m'avoir laissé parler finalement, d'autant qu'il lui avait fallu supporter mon insupportable bégaiement. Il poussa enfin un énorme soupir, suivi d'un « Hé béé ! » qui en disait long sur l'aide qu'il allait pouvoir m'offrir.

« Bon. On commence par où ? »
Hé non. Ce n'était pas moi qui avait dit ça.

« Comment ça, on commence par où ?! Mais c'est à vous de me le dire ! Je ne sais pas, moi, cherchez des cas similaires dans vos fichiers, comme dans les films ! Après ça vous aurez des indices pour votre enquête et vous pourrez faire des recoupements !

– Hé, ho ! Vous n'allez pas m'apprendre mon boulot ! ... JE vais chercher des cas qui se rapprochent du vôtre, COMME j'y avais déjà pensé AVANT de vous poser ma question. D'ailleurs, elle n'était pas anodine, je voulais vous tester – et JE vous tiendrai au courant de l'évolution de l'affaire. »

« Tout est là-dedans, maintenant ! », ajouta-t-il fièrement en administrant une petite claque amicale sur le côté de son ordinateur.

J'en conclus que grâce à lui je n'avais donc plus rien à craindre, puisque mon histoire voyageait maintenant à travers les tuyaux informatiques du puissant complexe administratif policier.

Pleinement rassuré, du moins c'est l'image que je tins à donner à mon heureux bienfaiteur pour ne pas ruiner sa journée, je me levai, prêt à partir.

« Voulez-vous que je lance un avis de recherche sur votre ami Frank ? »

Décidément, on se serait cru un premier de l'an !

Ça ne pouvait pas faire de mal, du moins je l'espérais, aussi ai-je acquiescé.

Je suis rentré chez moi ce jour-là un peu moins abattu, me forçant à espérer que cette démarche aboutirait à quelque chose.

...

***

Chapitre douze

Journal de Bord :

27 octobre 2002

Il m'est aujourd'hui de plus en plus pénible de retrouver tous les détails de ces derniers jours, tout baigne dans une espèce de mare saumâtre dont j'ai du mal à discerner les contours.

....

Je fais maintenant mes courses en grande surface, pour être sûr de n'avoir à parler à personne. J'ai mis mon téléphone sur répondeur pour filtrer, mais de toutes façons personne ne m'appelle plus. Je n'attends pas de nouvelles des limiers de la police avant plusieurs semaines, je me doute bien que ce genre de recherches prend du temps. Et puis, il n'y a pas mort d'homme, non ?! Donc aucune raison de se presser. Pour la disparition de Frank, n'étant pas l'épouse éplorée, ma déclaration n'a pas la même valeur.

Il m'a fallu une semaine entière de solitude et de bégaiements intempestifs pour que je me décide à prendre le stylo. Manu ne m'avait pas rappelé, malgré deux autres messages de ma part.

....

J'ai commencé à écrire le 24 octobre dernier, essayant de me souvenir de tout, m'appliquant à retrouver tous les détails. Durant cette période, je regardais plusieurs fois par jour mon reflet dans le miroir de ma salle de bain, puisant dans mon visage ravagé la force de continuer.

Ce travail d'écriture m'a pris plusieurs longs jours, car mes absences prennent parfois des allures de mauvais conte : je me surprends de plus en plus souvent à émerger d'une sorte de rêve éveillé qui peut durer jusqu'à deux ou même trois heures. Je ne m'explique pas plus ce phénomène que la perte de langage qui m'amène à ne plus pouvoir aligner plus de dix mots de suite. J'en sors crevé, comme vidé de ma substance.

Le type qui m'avait reçu au commissariat lors de ma déposition m'a rappelé une fois et j'ai eu à nouveau l'impression de passer un interrogatoire en tant que coupable : mille questions, peu de réponses et le sous-entendu en pointillé d'être vraiment le dernier des crétins pour avoir laissé s'enfuir un « clochard qui en savait peut-être long » (ce furent ses mots). Bref, ses recherches n'avaient rien donné, mais il m'a assuré d'un ton jovial que tout n'était pas perdu (j'adorais ses encouragements au mode négatif ! ça devait être un défaut de fabrication), que la police avait maintenant des moyens (là j'avais soupiré) et que non, il ne fallait pas perdre espoir.

A part ce coup de fil, que je pris comme un coup fatal, je n'ai eu aucun autre contact, ni avec mes anciens 'amis' (je comprends toute la portée de ce mot maintenant), ni avec mes nouvelles connaissances (comprenez : le voyant, l'exorciseur, l'orthophoniste, ...), ni bien sûr avec Manu ou même Frank. Frank ne m'avait jamais appelé lors de ses précédents voyages mais j'avais espéré que vu la situation ...

Journal de bord :

Mardi 30 octobre

Il me reste quelques détails très importants à noter sur ce journal, puis j'irai voir la Presse, l'Armée, le Président, l'ONU, tous ceux qui voudront bien m'écouter, ou plutôt me lire, parce que ça y est, je ne peux plus parler. Depuis trois jours, trois longs jours qui me font maintenant comprendre le triste sort des poissons, excepté qu'eux ont une excuse : c'est dur de parler sous l'eau.

Ce sont surtout ces trois jours que je dois décrire précisément, parce que c'est là que …

……………

Bon Dieu, je viens encore de perdre conscience. …. Je dois terminer ma crispe de loin sont jauni pour ….

Ma livre ne connaisse rive … long …..

L… n'arrive … plus … à …. miss rup da lar mé … Ecrire, VIte, … finir …

.... Mal .... ?

***

Chapitre treize

« Où en est-il ?

– C'est la dernière phase, Monsieur.

– Avez-vous récupéré son journal ?

– Oui, Monsieur.

– Détruisez-le.

– Bien, Monsieur.

– Bon. C'est une totale réussite. Allez dire au Général Gornand que la propagation à grande échelle peut commencer.

– A vos ordres, Monsieur.

– William ?

– Oui Monsieur ?

– Avez-vous une femme, des enfants ?

– Non, Monsieur.

– Bien. Ne serrez plus de main sans gants à partir d'aujourd'hui.

– Oui, Monsieur. Merci, Monsieur. Bonsoir, Monsieur. »

...

... Plan 'Page Blanche' ... Quel nom de con ce chercheur lui a donné ! Mais arme efficace, je le reconnais ... Un sourire satisfait étira ses lèvres.

...Frank avait raison : c'étaient les cobayes parfaits.

124

*** FIN ***

A propos de l'auteur

Je me souviens d'une fois, en plein été, où je remontais une rue gorgée de soleil quand une pluie de monnaie cuivrée est tombée du ciel, juste devant moi, scintillant de mille feux sous les rayons ardents. Elle avait été jetée de la fenêtre d'un appartement où un couple se disputait, mais j'ai pris cela comme un hommage à mon passage et je m'imaginai, reine, saluée par un peuple heureux qui manifestait sa liesse en embellissant la rue sous mes pas. Cela me mit de bonne humeur pour la journée.

C'est ainsi que j'aime à voir ma vie.

Ou encore un épisode de mon ancienne vie de chanteuse : je jouais le rôle d'une succube parmi tant d'autres (un démon qui prend l'apparence d'une femme pour séduire un homme), qui devait attirer Faust en enfer. De nombreuses filles de la troupe semblaient titillées par le soliste en question et c'était à qui lui ferait le plus grand numéro de charme pour avoir l'honneur d'être touchée par lui lors de la fameuse scène de la tentation.

Les répétitions s'étaient déroulées selon les indications du metteur en scène, Faust devant déambuler parmi les tentatrices, effleurer la main d'une, se pencher sur une autre, etc. Je regardais d'un œil amusé les tentatives d'appas de mes consoeurs, que je trouvais pour certaines vraiment osées.

Le soir de la Première, tout se déroulait comme prévu, nous étions contents. Vint alors le moment de la tentation de Faust. J'entrai sur scène avec les autres succubes, rejoignis en dansant l'endroit qui m'avait été assigné lors des répétitions et appelai de mes chants lascifs - de même que les autres - le coquin de séducteur appelé Faust. Jusque là, tout allait bien.

Quelle ne fut pas alors ma surprise de voir ce bourreau des cœurs solaire, après avoir tourné autour d'une ou deux envoûteuses, arriver vers moi - ce qui n'était absolument pas prévu dans la mise en scène - se pencher sur moi et me rouler le plus gros patin du siècle, là, devant 2 000 spectateurs ! J'étais interdite, abasourdie ; mais j'étais sur scène, j'étais une succube et il fallait que je joue mon rôle. Heureusement, mon père que j'avais invité et qui avait eu le privilège de bénéficier d'un siège au 3e rang, s'était endormi au bout du premier quart d'heure de l'opéra. Je vous passe en revanche la suite de l'histoire avec les autres filles, jalouses, bien qu'il ne se soit rien passé d'autre avec mon Don Juan. Mais voilà, j'avais été la princesse d'un soir.

Je ne conçois pas un livre sans y ajouter de l'humour, un zeste de dérision ou une analyse un peu déjantée. J'aime ce côté '*Qui veut la peau de Roger Rabbit*' qui nous fait dire 'pardon !' à une table qu'on a bousculée ou serrer la main à des personnages de bande dessinée dans la rue.

Même dans ma poésie, l'humour pointe son nez au détour d'un vers, ici et là.

Si ce livre vous a plu, verriez-vous un inconvénient à le commenter sur Amazon.fr ? C'est de cette façon que d'autres lecteurs pourront me connaître. Le bouche à oreille sera ma meilleure publicité.

Merci en tous cas de m'avoir lue, j'espère que vous avez passé un bon moment.

Vous pouvez me laisser un commentaire sur www.amazon.fr/dp/B007G6DGAC.

Mon site : www.giselefoucher.com

Mon blog :
www.giselefoucher.wordpress.com

Du même auteur

Je passe aux aveux !

Un recueil des petits plus qui pimentent notre vie. Des anecdotes, des histoires réelles cueillies au hasard du chemin et confiées sur un ton léger et malicieux. De ces moments forts en émotion, en quiproquos, en plaisirs simples qui enrobent notre vie de féerie.

Monsieur Champignon et Mademoiselle Abeille

Cette histoire illustrée pour enfants met en scène un champignon qui rêve de voir la vie d'en haut et d'une abeille qui aimerait bien se reposer de temps à autre. Leur rencontre va les enrichir, une belle amitié va naître et avec un peu de magie... Pour enfants de trois à sept ans.

Comment rendre mon chat heureux

Toutes les questions que vous pouvez vous poser sur les chats, que vous en ayez ou non. Comment le choisir, l'éduquer, le soigner, le comprendre. Toutes ces petites choses qu'il faut savoir lorsque l'on prend la responsabilité d'adopter l'un de ces adorables animaux, des adresses et même une liste de noms !

La faille sans cri

Vers libres et autres figures de poésie, posés sur le fil d'une vie comme un funambule et son bâton.

J'ai choisi pour décrire ce recueil de poèmes de retranscrire le commentaire d'une lectrice : « Les poèmes de ce recueil sont parfois des chuchotements de souffrance qui s'élèvent en volutes, parfois des cris muets dont l'auteur ne doit pas savoir qui les entendra. On lit aussi ses émerveillements devant la beauté de l'être, de la nature, de l'enfantement, et aussi des moments simples de la vie. Donc, pour moi, à lire ! »

Manuel de survie à l'attention des employés

Cela commence par une fiction de bureau, continue avec des kits de survie au bureau et se prolonge avec un dictionnaire de l'entreprise, revisité avec humour. Ce roman en plusieurs parties caricature la vie en entreprise, ses joies et ses déboires, le tout agrémenté de dessins humoristiques.

M'aimerais-tu encore si ?

Petit recueil de phrases à lire à deux : l'amour serait-il le même si... ? Un clin d'œil léger et malicieux à picorer à n'importe quelle heure de la journée.

666 blagues

A lire derrière sa fenêtre, à la terrasse du café, sur le quai pendant les grèves de trains, en attendant à la Poste, dans son lit... Pour ceux qui aiment l'humour absurde et décalé (mais pas seulement).

Table des matières

Droits d'auteur

Toute représentation ou reproduction intégrale ou partielle, faite sans le consentement de l'auteur, ou de ses ayants droit, ou ayants cause, est illicite (loi du 11 mars 1957, alinéa 1er de l'article 40). Cette représentation ou reproduction, par quelque procédé que ce soit, constituerait une contrefaçon sanctionnée par les articles 425 et suivants du Code pénal. La loi du 11 mars 1957 n'autorise, aux termes des alinéas 2 et 3 de l'article 41, que les copies ou reproductions strictement réservées à l'usage privé du copiste et non destinées à une utilisation collective d'une part, et d'autre part, que les analyses et les courtes citations dans un but d'exemple et d'illustration.